追忆那
回不去的岁月

陈新庚　著

中国出版集团　现代出版社

图书在版编目（CIP）数据

追忆那回不去的岁月 / 陈新庚著 . -- 北京：现代出版社，
2020.12
ISBN 978-7-5143-8974-6

Ⅰ．①追… Ⅱ．①陈… Ⅲ．散文集 - 中国 - 当代
Ⅳ.①I267

中国版本图书馆 CIP 数据核字（2020）第 257571 号

追忆那回不去的岁月

著　　者　陈新庚
责任编辑　陈秀香
出版发行　现代出版社
地　　址　北京市安定门外安华里504号
邮　　编　100011
电　　话　010-64267325　　64245264（传真）
网　　址　www.1980xd.com
电子邮箱　xiandai@vip.sina.com
印　　刷　广州虎彩云印刷有限公司
字　　数　195千
开　　本　880mm×1230mm　1/32
印　　张　6.625
版　　次　2021年1月第1版　　2021年1月第1次印刷
书　　号　ISBN 978-7-5143-8974-6
定　　价　48.00元

目 录

第一篇　怀念恩师唐永銮教授

唐永銮先生是我国著名的地理学家和环境科学学家，是中山大学环境科学研究所的首任所长，是一位德高望重的导师。先生已离开我们10多年了，但他的音容笑貌以及许多往事犹如昨日，使人难以忘怀，在此仅仅收集几篇小文，放在这个集子中，以兹纪念先生。其中《沿着唐永銮教授开辟的大道前进》一文，是1998年出版《环境科学与可持续发展——唐永銮论文选集》时，我代表编委会为该论文选集所作的前言，该文比较系统、全面地介绍了唐先生的学术研究经历和取得的成果，因此一并收集在这里，以祈诸位对唐先生有更深入的了解，对先生所取得的丰功伟绩有更好的认识。

一、沿着唐永銮教授开辟的大道前进

在唐永銮先生八十寿辰之际，《环境科学与可持续发展——唐永銮论文选集》与读者见面了，我们深感欣慰。唐先生于1944年毕业于中央大学地理系，先后在重庆气象局、湖南长沙测候站、湖南南岳国立师范学院、湖南大学、中山大学等单位工作。其中在中山大学任教时间最长，至今已达45年。唐先生历任中山大学地理系自然地理教研室主任、中山大学环境科学研究所第一任所长、中国环境科学学会理事、中山大学海洋与工程研究中心主任等职。1997年年底，我们曾提出为唐先生编选一本论文集，但他谦虚谨慎、淡泊名利，再三推辞，直至1998年春节期间，经做了多次说服工作以后，才得到他的同意。并按唐先生选定的自然地理、化学地理、环境、海洋和可持续发展五个方面，共收集了69篇文章。

唐先生知识渊博，研究领域很广，在上述各个方面都有深入的研究，并且做出了卓越的贡献。

（一）

在自然地理研究方面，早在20世纪50年代初，唐先生翻译了苏联高等学校教材C.B.卡列斯尼克的《普通地理学原理》，1955年由高等教育出版社出版。后重译改由地质出版社于1958年再版，此书对当时国内地理学界有很大的影响。

为了摸清我国橡胶宜林地的北移界线，唐先生于1957—1964年任中国科学院华南热带生物资源综合考察队大队长和技术指导，率领广东省的大专院校、研究所和有关厅局几十个单位100多人，在广西、广东、福建这三省区进行自然资源和热带生物资源的调查，特别对橡胶宜林地的布局和北移做出了科学的结论，认为我国橡胶宜林地北界大致在北纬 24°附近，并将北纬 24°以南的华南三省区大陆称为北热带；同时指出在高山之南面，向南开口的马蹄形的丘陵地可进寒潮，适作橡胶林地；并把定出的橡胶宜林地按一、二、三等级标准进行划分。这里，唐先生利用调查取得的第一手资料，根据橡胶的生态条件，运用系统论的理论和方法，分析和揭示出华南三省区的自然环境分异规律，进行地区、省区和三省区的综合自然区划。特别是提出了华南三省自然环境东西分异规律及其意义（称为相性），在全国尚属首次。对宜林地东西差异原因的分析，起着重要的作用。

（二）

在化学地理的研究方面，从 1960 年起，唐先生就在广东省、海南岛和珠江三角洲对自然环境中的物质循环特别是物质生物循环进行了深入研究。唐先生摒弃了古老地理学的描述性或拼盘式的研究方法，引入系统论的理论和方法，把自然环境作为一个有机整体，即作为一个大系统，其组成的岩石圈、土圈、水圈、大气圈和生物圈作为子系统，研究了各种化学元素，特别营养元素如碳、氮、磷等在各圈层之间及在整个自然环境中迁移转化的规律，揭露出这些元素及其组合时空的变化。例如，珠江三角洲自沿岸滩涂、沿海阶地、平原中物质主要组成元素及其组合，呈有规律变化；海南岛从北而南，从东而西，从山地到台地、滩地均有规律变化。这样使地理学从自然环境的表象研究，深入到本质的研究，从定性研究进入定量研究，为中国化学地理学的建立提出了系统的理论和研究方法。

另外，唐先生提出了物质生物循环在自然环境的物质循环中起着主宰作用的理论。在海南岛的研究中，强调森林生态系统在海南岛物质时空变化中起着决定性作用，为海南岛环境保护和自然资源利用指出了方向。

按化学地理学基本理论，在热带作物生产中提出可采用营养诊断方法，提高产量。在海南岛橡胶农场，建议增施镁肥；在广东省丰顺紫胶场，对紫胶虫寄主树，建议增施磷肥。这些均收到良好增产效果。

1984年，中国地理学会向巴黎召开的国际地理学联合会提交的英文论文集中收集了唐先生的《中国化学地理》一文，在该文中，他系统阐述了中国化学地理学30多年来的发展状况，是中国化学地理进展的一项科学总结。

（三）

在环境科学研究方面，唐先生引入边界层理论和控制论的理论和方法，进行了多项重大项目的研究，撰写了多本有影响的专著和几十篇文章，为中国环境科学的建立，做出了重要的贡献。

环境科学是新兴的边缘性学科。唐先生自1974年起从事环境保护研究工作。在广东茂名、深圳、广州和海南岛等地进行了大量实地环境调查与研究工作，查明环境污染现状，并提出对策，为环境质量的提高做出了贡献。例如，茂名市是全国有名的油城，污染较重，在人群健康中曾出现白细胞下降、肝肿大和心律不齐等症状。有的认为是环境本底引起，有的认为由环境污染引起，长期成为争论问题。1974年，在唐先生的主持下，在茂名市进行了"茂名市环境本底调查及其对人体健康影响"的研究，这类研究当时在全国尚属首次。通过两年的研究，肯定了茂名市人群健康中出现的症状是由环境污染引起。国务院同意此结论并通报全国。这促使茂名石油工业公司加强了污染治理。接着唐先生又负责了国家环境保护办公室下达制定《茂名市地方工业污染物排放标准》的任务。该标准制定后，由广东省人民政府颁布实行，对茂名市企业污染源全面加以控制。该项成果曾获得国家环保局（部级）二等奖。自此以后，茂名市环境质量不断改善，人群健康中曾出现的白细胞下降等症状人数随之下降。茂名市人民政府对此极为重视，对上述研究曾予以很高评价，称其："做了造福于人民的一件大事。"1976年，在昆明

4

市召开的全国环境会议上，唐先生首次提出了一整套环境质量调查和评价的方法，被各省市环境保护研究工作所采用，该方法包括回顾评价、现状评价和预测评价。从污染源、大气、水和食物污染，以及环境污染对生态系统和人群健康的影响，均提出了调查、研究和评价的程序和方法。

根据多年对环境调查的经验，在环境污染预测预报和环境工程影响评价中，唐先生首次采用流体力学中边界层理论和应用数学原理建立数学模式，通过计算机模拟，揭示水体和大气流场与污染物质浓度场时空变化，为工程项目影响评价奠定了基础。唐先生并对国家许多重大工程建设的环境影响评价进行了研究和评审，如上海石油化学工程的扩建，宝山钢铁厂，广东大亚湾核电站，浙江秦山核电站，长江三峡和红水河龙滩水电站，北京、新疆乌鲁木齐和广州大型水泥厂，深圳飞机场，广州珠江电厂，广州和茂名乙烯工程等建设。根据环境科学基本理论，对这些工程厂址的选定、工程设计及其环境保护措施提供决策性意见，有些意见产生了决定性影响，例如深圳白石渡机场的否定，茂名市 30 万乙烯工程选定在七迳镇附近的飞机岭，否定秦山核电站加高烟囱的措施，提出环境建设和环境投资理论解决了长江三峡水利枢纽工程生态和环境争论的问题，使其环境影响评价报告书得以通过等。

在国家"七五"环境保护科研攻关课题"广州市汽车尾气污染动态规律及对策研究"中，唐先生运用网络流理论研究汽车尾气污染，在国内外还是首次。1990 年 12 月，在广州市由学部委员陶诗言、高由禧教授及能源部黄敬仪高级工程师等专家鉴定，认为此项研究在我国首次进行了城市街道网络汽车尾气污染的综合研究，总体上居于国内领先地位，对不同类型街道上流场和浓度场进行了细致的分析研究，达到了国际同类工作水平。

唐先生的上述大量研究成果总结在《环境学导论》《大气环境学》《大气环境化学》等专著中，为中国环境学建立做出了重要贡献。其中《环境学导论》于 1992 年被评为国家级优秀教材。

在上述专著中，唐先生提出了下列基本论点：环境学是研究环境质量的形成、变化和发展规律的科学，具体研究物质，特别是污染物质和能量在环境中迁移、转化与累积的过程，这些是物理、化学和生物过程。空气和水是环境中最活跃的部分。边界层理论（环境流体力学）是研究物质（包括污染物质）在环境中迁移的基础理论。物质在大气中转化，需借助光化学基本理论。物质在水、土壤和生物中转化，生物起着主导作用，因此酶化学在环境化学中具有特殊意义。胶体化学也是重要的。建立化学、生物污染模式等，常借助化学计量学。研究污染物在食物链中迁移，需利用生物流变学(Biorheology)。

研究环境学需重视普遍规律，更重要的是研究特殊规律，如污染物在平原、丘陵、海岸带、海洋、城市和不同气象条件下迁移、转化与累积的规律，这样才有助于实际问题的解决。

（四）

在海洋环境学研究方面，唐先生不辞辛劳，组织和指导广东省海岸带与海岛调查研究，为海洋环境学的诞生做出了重要贡献。1980年至1987年在全国海岸带和海涂资源综合调查中，唐先生担任全国环保海化组技术组长，并担任广东省调查大队队长，负责实际调查和技术领导工作。经过8年调查研究，从广东省乃至全国沿海各省、市环境调查数据和资料，并结合几十年来海洋调查历史资料分析研究，总编出《广东省海岸带和海涂资源综合调查报告》。总结了广东省海岸带自然条件和自然资源的时空变化规律，并提出开发利用的战略设想和海岸带管理与保护的意见。该项调查研究曾获得广东省人民政府科技进步特等奖，名列首位。唐先生主编的《全国海岸带和海涂资源调查环境质量报告》和总编的《全国海岸带和海涂综合调查中海水化学报告》中，总结出污染物在沿岸和近海迁移扩散的一般规律与海湾和河口的特殊规律，特别是对海洋环境有重大影响的问题，如重金属在生物体内累积机理与赤潮的产生、危害防治等有关详细论述。

《广东省海岸带和海涂资源综合调查报告》于 1986 年 12 月在广州市进行过成果审查,由河海大学名誉校长严恺教授、华东师范大学河口研究所所长陈吉余教授和中国科学院林业土壤研究所研究员宋达泉等负责审查。审查认为该成果科学性和实用性强,具有长期的战略意义。

中国海岸带和海涂资源综合调查专业报告集《环境质量调查报告》与《海水化学调查报告》,均于 1987 年 6 月在广州市举行过评审。评审会由南开大学研究生院副院长戴树桂教授和国家海洋局大连海洋环保研究所副所长万方邦研究员等主持,《环境质量调查报告》的评审意见认为:"这样大规模、大面积和综合性环境调查工作在全国尚属首次,调查工作在国内达到先进水平,该研究为我国今后海岸带环境管理、科学研究以及经济建设,提供了科学依据。"《海水化学调查报告》的评审意见为:"本报告是我国首次获得统一的、可比的、系统的区域海洋学的水化学资料,这将为我国沿海开发、海洋管理以及海洋环境保护提供有用的科学依据。"

唐教授曾参加《中国海岸带和海涂资源综合调查研究报告》的编写。该项研究于 1992 年被评为国家级科学技术进步一等奖,名列第十一位。

上述广东省与全国海岸带和海涂资源综合调查获得大量的数据和资料,经过整理、分析和研究,揭示出中国沿岸和近海环境时空变化的特点,亦发现污染物在沿岸和近海迁移、转化和累积的基本规律,为海洋环境学的建立提供了科学基础。

（五）

最近十几年来,唐先生十分关注我国经济迅速发展和社会环境发生变化中出现的环境问题,并运用可持续发展理论,研究它们产生的原因、形成过程及其可能发生的变化,探求解决这些新的环境问题的途径和方法。他不是就环境论环境,而是将经济发展与环境相互紧密联系，从它们的对立统一中，寻求其协调发展的途径。为此，唐先生在这方面撰写了不少文章，并且编撰成《中国环境问题的分析及其对策》一书（中山大学出版社出版，1997）。该书包括这样几项内容：中国环境及其存在问题、海洋经济与海洋环境、广东省经济发展与环境问题、环境政策与研究方法等。

唐先生强调中国是一个发展中的国家，要坚持"发展与环境保护"两手抓的观点，靠持续发展理论分析问题、解决问题，并认为中国经济要"持续、快速、健康"发展，经济与人口、资源与环境必须协调发展。《中国环境问题的分析及其对策》中的 25 篇文章，相互紧密联系构成一个网络系统，其核心就是用持续发展理论分析中国特别是广东省存在的环境问题，以及解决这些问题的对策，找到在高速经济发展中解决环境问题的切实可行的途径和办法。

在广东省珠江三角洲经济区规划研究和广东省东西两翼区域规划研究中，唐先生担任顾问组中环境组组长，对这些规划曾提出过不少宝贵意见，对广东省的经济持续、快速、健康发展起了很好的作用。

（六）

几十年来，唐先生孜孜好学，博览群书，除了地学范畴的一些学科（如气候、水文、土壤、地质、地貌等）外，还涉猎数学、化学、生物学等一些学科。虽然他工作繁重、时间紧迫，但他总是挤出时间看书、写作，许多同事或学生都知道唐先生经常在旅途火车的小桌子上写作、看书，出差总是带着一大包的书、稿件。直至最近几年，已快 80 岁高龄，仍出版了两三本著作，他这种几十年来坚持不懈的精神和毅力，深受同行和后辈的钦佩。

唐先生思维敏捷，容易接受新事物、发现新苗头，这也是与他勤奋好学分不开的。在学科发展上，他能不断创新，提出新的研究课题和发展的方向。他从不故步自封，20 世纪 60 年代初，为了改变地理学只是描述性科学、区域地理学著作是一个"拼盘"的状态，他做了不懈的努力，用物质生物循环思想研究自然环境，为中国化学地理的建立做出了贡献。70 年代以后，他觉察到社会、经济的发展将带来的环境问题，带领中山大学地理系自然地理专业师生，开展了一系列的环境质量调查、评价工作，直至招收环境学专业本科生，建立环境地理硕士点和环境科学研究所。使中山大学环境科学研究从地学开始，经历了 70 年代以后的快速发展时期，直至最近被国务院学位办批准建立环境科学博士点，这些无不渗透着唐先生的智慧和心血。

几十年来，唐先生生活简朴，烟酒不沾，亦无他求，但他尊重上级、同事，关怀晚辈，在学术上诲人不倦，桃李满天下，他培养出的硕士研究生有 35 名，如今他的许多弟子已在科研、教学或管理方面担任重要工作。许多同行虽不是他的学生，但在工作中也得到过他的许多教诲和帮助。

唐先生是一位工作勤奋、多产的科学家，在几十年的科研和教学中，他撰写和主编的著作有 10 余本，其中《环境学导论》于 1992 年被评为国家级优秀教材。他在国内外刊物上发表论文数十篇，并编写出了一批有影响的科研报告。这本论文集仅选取了唐先生有代表性的文章 69 篇，还有一些文章和他的著作（见附表），由于篇幅关系，没能收集在这里。唐先生最近在《21 世纪的地球科学和环境科学》一文中指出：21 世纪将是网络信息时代，人们在要求速度、效率、准确度、真实度和控制力。全球网络信息的发展，使世界竞争更加激烈，一个国家、一个民族要取得发展，获得胜利要靠智力、靠科学技术，即产生所谓知识经济，工业革命解放了人们的双手，当今时代要解放人们的大脑。我们展望即将到来的 21 世纪，网络信息的发展及经济全球化过程的加快，知识经济的产生，将促进环境科学史更加深入的发展。学海无涯，唐先生等老一辈科学家披荆斩棘，为我们开辟了一条大道，今后路更长，也会有艰难险阻，我们应以百折不挠的精神，迎接 21 世纪的到来，迎接新的挑战！

二、怀念恩师唐永銮教授

2006 年 11 月 2 日凌晨，唐永銮先生与世长辞，我国地理学界和环境科学界痛失一位泰斗！莘莘学子痛失良师！在夜阑人静灯光下，仔细翻阅 8 年前为庆祝先生八十寿辰而出版的《环境科学与可持续发展——唐永銮论文选集》时，不禁心潮翻滚、思绪万千，久久难以平静，先生的音容笑貌以及许多往事，犹如昨日，难以忘怀！

（一）一丝不苟做学问，艰苦奋斗求真知

20 世纪 60 年代，我从粤东农村来到康乐园，就读地理系自然地理专业。初期与唐先生接触不多，到大二、大三时，唐先生开始上我们的《土壤学基础与土壤地理学》《化学地理》等课程，那时先生 40 多岁，正值盛年，虽然他的话带着浓重的湖南口音，但他那思维敏捷、融会贯通的讲课方式，深深地吸引着、打动着每一位学生。他渊博的知识和对专业领域许多新思路、新动态的介绍，开拓了同学们的新视野。唐先生十分重视野外工作，做起调查研究、采集样本来一丝不苟。记得有一年夏天，我们班分成几组，分别到东莞、中山等地实习，唐先生带着我们 5 个人到东莞的道滘、麻涌等地采样。一天，我们在道滘的乡下采样，天晚了，那时周围没有旅店，在当地农业局干部的安排下，我们就住在一栋废弃的二层炮楼里，楼下是牛棚，楼上只有一张大圆桌和一些长木凳子，桌子上、凳子上、地板上，甚至每一个角落都布满了灰尘，大家也太累了，顾不了那么多，七手八脚搞了一下卫生后就让唐先生休息，然后就在桌子周围、墙边，每人用两张长木凳（长木凳稍宽，有 30 厘米左右）拼起来当床，就这样过了一夜。唐先生还不断关心我们："怎

么样？行不行？"他就是这样对生活要求很低的一位学者。每天晚上睡觉前，不管多累、多晚，唐先生都要和我们一起整理白天采集的样本、调查的记录本和图件，每天晚上都不例外。

1980年，在唐先生的指导下，我们进行了"茂名市地方排放标准制定的研究"课题，广东省环保局很重视，从全省各地级市都抽调人员参与该课题的研究。在一年多的时间里，唐先生科学设计，精心策划，在茂名市开展了大规模的大气、水环境的监测，在全市布设了37个大气采样点，进行连续10多天的观测。为了保证监测质量，唐先生每天早上5点多，与茂名环保办的同志们一起，乘着手扶拖拉机（当时茂名环保办只有一辆面包车），到茂名的各个采样点去巡查，及时纠正不按规范要求或不按时采样的行为，一直到10点左右才到驻地吃早餐。我们把一天四次的监测资料，分别标在大比例尺的地图上，每天都绘四张茂名市二氧化硫、二氧化氮的浓度等值线图，形成了不同时段、不同气象条件（风向、风速）下的污染物扩散图，为研究茂名市大气污染的扩散规律打下了扎实的基础。正是在唐先生严格的要求、科学的指导下，"茂名市地方排放标准制定的研究"课题获得了国家环保局（部级）二等奖。

（二）呕心沥血建立环科所

中大环科所的建立和发展离不开唐先生呕心沥血、夜以继日的辛勤劳动。中大环科所成立初期(1979—1982)，把包括地理系、化学系、物理系、生物系等，规划建成一个综合性的研究所，由于各系的指定负责人都有自己的教学任务、科研工作，办公地点又分散，不可能经常在一起开会，唐先生按照学校的意图，认真做好各系的协调工作。那时，正是我国环境保护开展的初期，唐先生作为我国环境科学的奠基人，经常奔波于全国各地，参加各种讨论会、学术会、大型项目的论证会等，每次回到学校，他就会马上把所见所得的全国环保信息编成文字材料，还亲手用复写纸复写3份，然后叫我（当时我是环科所秘书）送给上述各系指定的负责人，让他们了

11

解全国环保的动态。那时电话还很少，每次他开会回来的第二天就会到我家或单位找到我让我去送这些资料。

（三）爱生如子，诲人不倦

唐先生爱生如子，对学生总是循循善诱、诲人不倦。有一年，在地理楼二楼的实验室中，我请他审阅我的一篇文章。他就在附近找了张凳子在实验室的角落坐下来认真地看，并不时地用铅笔改稿子，都过了下班时间，到 12 点半了，他还叫我坐在他身旁，从文章结构、内容和图表等方面都细心地一一给我指出存在的问题，使我肃然起敬，眼前这位衣着简朴、和蔼可亲的长者，是我国著名的环境科学家，对于年轻弟子的培养是那么耐心，就像位慈父在对子女进行教诲那样。还有一件事，也让我永远铭刻在心，那是在我住西南区 3 号楼时。有天下午 5 点多，唐先生找到我交代事情，我们就站在门外谈了很久，其间突然响起雷声，下起淅沥小雨来。我请唐先生进我屋子里谈，就在刚进到家里时，我突然觉得一阵头昏，我赶快坐到木沙发上，把头靠在沙发的扶手上，唐先生见我这样，马上唤来我的妻子照料我，然后他就急忙出门去了，过了大约 20 分钟，唐先生又气喘吁吁地进来了，拿着两支西洋参，说我可能太累了，交代我妻子炖汤给我喝。原来，唐先生看到我当时的情况，竟冒着小雨，赶到远在东北区 30 号楼的家，取来西洋参给我。唐先生一颗爱护年轻人、爱护学生的心，让我永生难忘！

（四）胸襟坦荡，关爱他人，步履跋涉，攀登高峰

唐先生待人以诚、对人谦虚、尊重领导，他为环保部门出谋划策，从不摆架子。正因为如此，他深受各级环保部门领导的尊重和爱戴。他对朋友、同行、弟子总是热情帮助，他经常鼓励年轻人要敢于出去闯，到外省去工作，多参加学术会议，认为这样才能打开局面、扩大影响。而当一些学生在外省工作多年，因家庭、专业等原因，找他帮忙希望调回广东工作时，他总是从不推让，绝对没有

门户之见，尽他所能为他们寻找合适的工作，解决各种困难。至今许多人一说到此事，都十分感激唐先生的热情相助。

唐先生关心别人，爱生如子，而他作为一位著作等身的科学家，几十年来对自己生活上的要求却很少，他一生简朴，要求甚低，烟酒不沾，亦无他求。长期以来，外出开会或野外工作，他总是背着个军用水壶，穿着一双解放鞋，真是"步履跋涉半世纪，披荆斩棘觅通途"，唐永銮教授为了追求科学的真理，一直无私地奉献着。唐先生是一位勤学多产的大师，出差也是带着书籍、稿件，他出差很少坐飞机，通常会选择火车软卧，因为人少比较安静，另外，他可以用软卧车厢窗边的桌子写文章、看书，车厢是他的另一个办公室。

唐先生与我们永别了，但他在我们心中永驻！

三、野外实习

1964年暑假，我们在紧张地准备毕业实习，因为下半年我们就要进入大五，撰写毕业论文了。那时依照学生与导师确定的论文题目，按学科分成几大组，分别赴广东东莞、宝安以及珠江三角洲其他地方实习采样。我选的是有关土壤学内容的，因此与其他4位同学在唐永銮先生带领下，赴东莞的道滘、麻涌两个公社（现称为镇）调查，采集土壤样本。

那时系里对实习是很重视的，每个学生可以到系里借一个绿色大背包。为了方便于工作和节省经费，我们每个人要自带被单褥席（系里可以借），这些都可以装在大背包里。还有每人借到一个长方形的铝饭盒、一个汤匙，便于带饭到野外去。加上野外挖土用的军用铲、短柄锄头，土壤刀，装土壤标本的布袋等，配备完毕出发时俨然部队出征一样，庄重而整齐。

首先我们到了道滘公社，道滘是一个沙田区，就是说其土地大部分是沿海围垦起来的，广阔、平坦，大部分种植水稻和甘蔗，为了摸清沙田地区的土壤情况，除观察和踏查之外，还要采集土壤标本，运回学校的实验室进行有机质以及铜、铅、锌、镉、铁等金属元素的分析化验。因此在野外工作之前，唐先生指导我们在地图上，由陆向海方向的沙田区画出几条剖面线，在兼顾均匀分布以及适当照顾重点区域的情况下，在每条剖面线上标出若干个采样点并编上号码。唐先生根据自己渊博的知识和丰富的经验，很快为我们定下了所有采样点的位置。

每到一个中心点，我们先安放好行李，然后带上小铲子、土壤刀等出发去寻找采样点。我们根据地图，在野外找到相应的样点后，一般在田间中央选定一个位置取土。由于是 7 月中旬，全部稻子已收完，我们就在收完稻子的田里作业，挖土才比较容易。

唐先生对我们的采样要求是很严格的，完全按照课堂上所讲的流程和方法进行。首先要求挖 1 平方米的正方形大坑，如果稻田里有水，还要用土在外围筑个圈，把里面的水舀干了，再开始挖土，正方形要挖深 1 米或更多（视土层结构情况）；土坑挖好后，为便于观察，需要在向阳一面进行土壤的分层，用土壤刀按照土壤颜色、粒度和黏性等性状，一般分为表层（土壤层）、犁底层、母质层，有的母质层还可分为二三层。以后，唐先生会教我们观察记录各层的厚度、颜色、粒度和黏度，是否有石块等杂质，记录完以后开始用土壤刀在每层的中间取土 1 千克左右，一般一人在坑里取土，一人在上面用布袋接土装好，另外一人写上标签（地点、编号等）再把标签挂在土袋上，最后装运。

每一个采样点都会挖出一大堆泥土堆在土坑边，离开前，唐先生一定要我们把土填回去，这个是考虑到不要给农民带来耕作麻烦，唐先生真是想得很周到。

在野外作业，特别是在炎夏季节是很辛苦的，我们 5 位同学都是男生，因此干起活儿都挑重活儿干，挖土，填土，干完一两个点全身都被汗水湿透了。一般我们都是穿着短裤加上背心，有的戴顶草帽，有的干脆连草帽也不戴了，这样工作几天以后，手上、背上甚至是脸上、脖子上都开始脱皮，开始是一小块一小块地脱下，几天后就大块地脱了，用手都可以撕下来，有的人回到学校时变成了一个大花脸，熟人几乎都认不出来了。

采好的土壤标本，需要我们背着走到下一个点，这样一天挖七八个点，土袋就有 50 多个，大家就分开来背，一人背几个样本，一路走一路采样，直至傍晚回到住宿地。

野外工作虽然很辛苦，但大家都干得很起劲，也很高兴。天气真热，每个人带的一壶水也喝完了，此时如果遇上有农民卖西瓜，唐先生就会用自己的钱，买一两个大西瓜请大家吃，一到这个时候，个个都高兴得不得了。久旱逢甘霖嘛！一个大西瓜怎么吃？只见有人拿到有尖角的石头上，往下一砸，裂开两半，再捧到众人面前，大家从饭盒找出汤匙，围着你一勺我一勺地吃起来，有时我们会掰出一块给唐先生，有时他也会跟我们一起用汤匙吃。在野外，许多时候就是这样，师生之间无拘无束地在一起，就像父子一样。

记得我们到道滘第一个晚上，是由当地农业部门安排住在一幢废弃的炮楼上，是免费的。可能我们来作土壤调查，跟农业有关系，与公社接洽后，就安排由农业部门接待我们。炮楼很老旧了，首层养了一头牛，二楼也很久没有人住了，但有一张大圆桌，直径有 2 米左右，周围还有七八张长方形的木凳，此凳长有一米七八，宽有 30 厘米左右，由于久未住人，角落还堆了几大捆牛吃的稻草。看到这情况，唐先生与我们先进行房间的清理工作。我们把稻草搬到一楼去，又跟农业部门派来接待我们的同志要了一些破布，再从楼下阁楼天井里打了几桶井水，大家一齐动手抹桌子、抹凳子、打扫地面，经过努力，房子显得明亮起来，有了生气。

晚餐我们一行 6 人是在道滘公社食堂搭伙的，由于是公社干部的食堂，很便宜，粗茶淡饭我们也吃得津津有味。经过一天的干活（挖土、填土）和走路，中午只吃早上带去的干饭和豆腐干，因此大家都很饿了，几乎是狼吞虎咽般吃完这一顿的。饭后，我们借用公社的会议室，唐先生招呼大家开会，分析今天的采样和调查进展情况，唐先生认为我们今天一共采集了 7 个土壤剖面，收集了两个村庄农民种植稻谷的情况，如品种、产量、病虫害等情况，总体上是很顺利的，同时我们在地图上研究了明天的工作路线，和准备采样的地点及要走访的村庄等，到晚上 10 点左右才结束。

回到炮楼住宿地大家拿上换洗衣服，准备到楼下天井去冲井水凉。由于天热，大家穿着都很简便，不过短裤背心都是汗水、泥水，弄得很脏了，必须换洗。大家来到井边，用小水桶打上水，往头上一倒，赶快擦洗，再打一桶，再冲洗，大家轮流着，几分钟时间就解决了洗澡问题。我们快洗完的时候，唐先生也下来了，我们抢着为他打上水，唐先生用毛巾擦洗身体，虽然是夏天，但傍晚井水还是有些冷的，但唐先生也不怕，也是一桶水一桶水地往身上冲。

冲完凉，一身清爽，上得楼来，我们开始研究如何睡觉的问题，最后大家认为唐先生睡大圆桌，桌子有差不多 2 米直径，够唐先生一人睡了，我们 5 个人就睡长凳子，这木板凳有 30 多厘米宽，我们睡是没问题。晚上有点风，这炮楼一层就 20 多平方米，不热也不冷，而各人带来的被单、席子是用不上了，这时被单也不是用来盖身子，而是当枕头用，我们 3 个人拿 3 张长凳子围着大桌子睡，还有二位就用长凳子靠墙边睡。这样，一张圆桌和 5 张木板长凳子就解决了我们全体人员的睡眠问题。

今天社会的年轻人可能很难理解，你们为什么要那么辛苦去干？为什么不坐车，而要走那么多路？为什么不去饭店吃饭，而在公社食堂搭伙？为什么不去住旅店，而住废弃的炮楼？不为什么，而是没有条件，那时不要说汽车，脚踏车都很少哇！那时连毕业实习经费都少得可怜，没办法呀！

还好，吃苦不可怕，吃苦、劳动让人变得坚强、让人有了尊严，正因为如此，我们一直十分钦佩、尊敬我们的老师唐先生，我们也在那个年代里锻炼成长。每个人从进大学开始就准备好了养成刻苦耐劳的精神，我们经常利用暑假打工挣点生活费或学杂费，出来工作后，不管工作好坏、有多少困难，我们心里都清楚，生活有甜，但是也有苦，没有谁能随随便便成功，只有勇于承担、勇于去闯。我们后来毕业后，大都去了科学院地理研究所、土壤分析所、农业科学院、土壤研究所，或当了高校的老师。当这些身为研究员、教授、博导等的老同学，聚在一起时，总会念念不忘那些年，奔波在农村搞土壤调查、采样的日子。有一次老同学聚会，我们还取笑今在北京工作的老同学，那年在田头吃西瓜时，他吃得最快、最多，虽然有诬陷好人的性质，但他也乐呵呵地接受了。

所以，不管是小孩子还是年轻人，吃点苦是有好处的，可以在苦难中得到力量，让精神世界得到充盈，在遇到挫折的时候，才不会轻易放弃，也才能承受种种打击和磨难，才能取得成功。隋朝王通《中说·述史篇》有言"天下未有不劳而成者"，的确，要成功必须经过自己劳动，甚至历尽艰辛才能取得。

四、创业难

1978 年，唐永銮教授出任中山大学环境科学研究所负责人。组建这个所，真正是白手起家，没有人员，没有仪器，基本上没有像样子的办公室和办公设备。当时从学校东南区 12 号楼借了一间房，大概 13—14 平方米，再从学校设备处借了 4 张办公桌和七八张凳子，这就是办公室的全部家当了。

由于唐先生一直在地理系担任教学、科研和带研究生工作，与地理系有很密切的联系。我是地理系毕业的，调回学校后参与地理系老师的实验室工作，后来还上了本科生的"环境质量评价"课程。因此，唐先生当环科所负责人时，要了我去当秘书，在建所初期得到地理系领导、老师的许多支持，特别在实验设备方面。

在建环科所之初，学校根据环境科学是一门综合性学科的特点，在唐先生等人的建议下，中大环科所包括了地理系、生物系、化学系、物理系等系的有关专业，学校任命唐先生为负责人，各系也指定有各专业的负责人，他们在其本系既是有关专业的领导，又是环科所兼职负责人，在组织上是比较涣散的。为了把各个专业的环境科学研究所能够串起来，形成综合的力量，唐先生是花费了很大精力的。

20 世纪 80 年代初，环保工作刚刚在全国开展起来，特别在高等学校，环境保护的研究开始活跃。唐先生是全国最早从事环保研究的教授之一，而且取得了很多成果。整个八九十年代，唐先生在中国环保界威望都很高，业界有"南唐北刘"之称，即南方有唐永銮先生，北方有北师大刘培桐先生，二位都是中国环保界的先驱，全国的许多重大工程建设项目的审批和立项，在环保方面的决策，都有二位先生的参与，因此他们在全国环保界威望都是很高的。正因为如此，唐先生经常参加全国性的环保会议，或者重大建设项目的环保审批会议，每一次唐先生开会回来，都要写一份简报，把会议的内容，解决了什么问题，还有什么问题，等等，介绍一下。那时，没有电脑打印等技术，每次唐先生都是用复写纸复写一式 3 份，由我送到环境生物、环境化学、环境物理 3 位负责人那里。唐先生是很勤奋很辛劳的科学工作者，有时刚从外地回来，还没来得及休息，就抓紧写稿，有些会议内容较多，他会写上好几页，都是这样一句一句复写下来的。当然，有时唐先生也会召集上述 3 位负责人开会讨论一些问题，但这样的会议较少，大概一年两三次。

由于这些负责人都是兼职的，在其本系有实际的领导岗位（如专业的教研室主任），还要上课、带研究生等，特别是人员编制均在其本系单位，因此很难把 4 个单位统一组织起来，或一致行动搞研究。由于这种组织的实际状况，以及人员编制的影响，使得相当长时间，环科所没办法统一组织起来开展实际的研究工作。在此情况下，唐先生努力向学校要编制、要人才，意识到必须建立一个实体的、有一定人员的机构，才能正常开展工作。

到了 1985 年以后，随着学校的重视，环科所人员增加到 20 多人，也开始添置一些环境监测以及室内分析的仪器。那时，环科所搬到了西南区 3 号楼对面的平房那里，当时给了两间大课室，合计有七八十平方米，开始建立起了自己的实验室。为了尽快开展工作，我向地理系借了一批玻璃仪器，如三角瓶、试管、滴定管，以及滴定架、电炉等，用两轮的板车，载了一车子回来，还从学校争取了一点经费，从设备处领了一批常规分析用的药品和试剂，这样我们的分析人员开始进行一些常规分析的实验工作。

经过一段时间的培训与探索，我们可以完成一些环保监测与室内化验工作了，特别是我们用完成环保咨询项目取得的一些经费，购买了大气采样器、河流测流仪等。因此我们开始争取承担一些社会环境影响的评价项目。记得我们承担的第一个项目是"东莞麻涌危险品码头环境影响评价"，这可能是广东省的第一个环评项目。那时，环境影响评价还是刚开始，全国没有规范，没有条例，也没有标准，我们也是探索性地进行。当时在东江麻涌河上，我们布了3个测流和采样断面，参照水文学上的一些规定和当地河涌特点，我们在3个断面上连续测流7天，水质采样每天3次，也是采了7天样本，在东莞环保部门的配合下，非常认真、负责地完成了该项工作。当时的许多工作，如测流、采样7天，在今天来说是难以想象的，以后就再也没有做这么长时间的监测工作了，测流人员一连7天待在船上，三餐是游动船送上来的，到了结束的时候，上得岸来，个个都是疲惫不堪，人也像是变了样，似乎苍老了很多。

以后我们逐步承担了一些省、市环保部门审批的项目。在全国海岸和海涂资源调查时，我们先后承担了汕头港、湛江港、秀英港等港口的生态环境调查，所有报告书顺利通过了评审。

通过一系列的实践，锻炼了环科所的每个成员，不管地表水、海水（港口）、大气、土壤、生物的野外调查，取样，我们都可以顺利完成，在室内分析项目方面，除了一部分由于仪器限制需委托外单位分析外，一般的分析项目我们都可以自己独立完成。

由于人员受编制限制，我们采取了很好的分工合作制，全所25人，除了各自专业技术外，大部分同志都学会了其他专业的野外监测、采样技术。例如测流时，不管是水环境专业的，还是大气、土壤、化学分析专业的同志都能上船独立操作测流仪，进行测流，大气采样也一样，全体人员都可以操作大气采样器进行空气采样，这样每一个大的项目都是全所合作完成。所以我们虽然人少，但通过互相协作可以产生很强的力量，同时也形成了一种团结、协作的气氛。正因为我们团结一致，因此在对外承接项目、进行竞投标时，往往我们胜过广州市或国内有些有几百人的大研究所，成为中标单位。我们始终认为，你几百人的大研究所，无论从人员技术力量上总体肯定比我们强，但派来竞标的人就不一定是最强的力量了，但我们去竞标肯定是派出我们最好、最强的力量，这样彼此就有竞争的可能了。许多例子都说明这个道理，例如由广东省下达的《广佛河道综合整治规划》以及《佛山市环境保护规划》等，都是由广东省有名的研究所竞标，结果都是我们中标的。

撰写环境评价、环境规划或其他研究项目的报告书也是一样，我们发挥集体力量，同时又注意各人所长。我们不像一些单位，他们是一人完成一份报告，我们叫它一竹竿插到底，我们是分工协作，各专业人员撰写自己熟悉的部分，然后由经验比较丰富、有较强综合能力的同志负责整个报告书的主编，同时还有人专门负责审核，这样就保证了整个报告书的质量。这是我们办所以来，报告书质量一直比较好的主要原因。当年，我们所获得了国家环保局颁发的全国环境影响评价先进单位证书，是国家环保局对中大环科所多年从事环境影响评价研究工作的肯定。

创业难，中大环科所从一无所有、白手起家，发展到后来的规模化、颇有成就，是经过几十年的艰苦奋斗取得的。一是我们饮水不忘挖井人，正是唐永銮教授带领大家，战胜无数困难，一步一个脚印走出来的，也正是唐先生的威望、知识和才能，使环科所一直赢得广东省各界的支持和帮助，才使环科所得以不断发展；二是我们环科所有一批志同道合的同志，跟随唐先生，不计个人得失，不畏艰难，长期奋斗取得的；三是有全所同志的团结合作，这是最宝贵的。一个单位，只要同心协力、共同奋斗，任何困难都是可以克服的，大家团结了，可以攻坚克难，这样一个单位，可以由弱变强，由落后变先进，也可以从一无所有变成具有一定规模、设备齐全和在自己领域内有一定影响力的单位！

五、教授也坐手扶拖拉机

1989—1990 年，唐永銮先生主持了《茂名市工业污染物地方排放标准》的科研工作。主要协作单位有广东省热带海洋气象研究所，参加单位有茂名市环保局、惠州市环境保护监测站、湛江市环境保护监测站等，各单位的 100 多名科研人员参与了现场监测工作。

由于这是我国在一座城市开展的第一个地方排放标准的制定工作，因此广东省环保局很重视，在经费、人员调配上给予大力支持，包括动员全省主要地级市环境监测部门的技术骨干参加以及配备监测仪器。

为了完成这一重大任务，唐先生投入了几乎全部的精力。首先他花了很长时间，踏查、调研了茂名市及周边环境和城市的污染源。那时候，我们跟着唐先生走遍了茂名市各个工厂污染源，以及每一条街道，建立全市污染源档案，收集了大量群众意见和建议。许多时候为了弄清数据，我们一而再再而三地上门核实、测量。在周边环境调查中，唐先生带领中大环境科学研究所师生，踏查了流经茂名市区的河流，调查了周围二三十公里范围内的小镇、村庄以及工厂的污染源。正是这种严格的科学的态度，为进入课题的设计、监测和最后的报告撰写提供了扎实的基础。

根据唐先生的设计，最后课题组确定在小东江——梅江布置了 6 个监测断面，把水质、流量的监测一直延伸到该河的出海口——吴川梅菉镇，同时根据茂名市是一个炼油化工城市的实际情况，结合常年风向、风力情况，在茂名市及周边布置了 37 个大气监测点，同步监测 SO_2、NO_2 以及 TSP（总悬浮颗粒物）。可以说，在当时，在全国都算是一个很大规模的环境监测了。

23

为了取得科学的数据，除配制统一标准的大气采样器外，对实验室化验人员和野外采样人员也进行了短期培训，以便规范地进行操作。那时大气监测是一天4次，分别为早上7点、上午10点、下午2点和下午6点4个时间段采样，一般采样45分钟可以完成。

采样的规范性，是取得准确数据的关键。那时有一些不自觉遵守规则的现象，如在一些地方采样时有人自作主张加大流量，缩短采样时间，或者不按规定时间开始采样，或擅自结束，等等。因此唐先生从一开始就牵挂着大气采样的规范性。那时还没有多少汽车，茂名市环保局只有一辆七座的面包车，采样开始后，每天早上5点半汽车就要把每个测点的采样员和仪器送到各点上，并且要来回几次才能在7点前把37个采样点人员准时送到各点上。在这种情况下，为了加强巡查、检查，督促采样人员，唐先生与茂名市环保局商量，环保局派来一辆手扶拖拉机。每天一早，唐先生就一人坐上手扶拖拉机到大气采样点去巡查，因为采样要37人，实验16人（每天四次送回样品后需立即进行化验），因此派不出人跟唐先生去检查。现在，我们可能很难想象，唐先生当时已60多岁了，而且是我国著名的环境保护专家、中山大学的教授，每天坐着手扶拖拉机巡查，市郊道路都很窄小、很不平，坐在拖拉机上是很颠簸的。那时，我也曾坐过一次去附近小镇，回来屁股都被颠得麻木了。但是，唐先生每天都要去，那时天又热，只见唐先生背着一个军用水壶，拿着一块湿毛巾，以便不断抹去头上的汗水。就这样，大气采样15天，唐先生每天早上都是一个人和手扶拖拉机司机出去，我们大家都很感动，每天大家都会互相提醒，一定要注意规范采样，不能偷懒，不能作假，不能在唐先生面前丢脸。

那时，实验室的工作也很紧张，当天必须把化验结果提交出来，到晚上唐先生会组织4个人（我也有幸参加）进行大气扩散的模拟画图。早些天，唐先生就晒出了一批蓝图，有茂名市及周边的详细地点，以及标出大气的37个采样点，到了晚上，我们就根据实验室提供的SO_2、NO_2、TSP数据分别分次标在图上，这样SO_2、NO_2、

TSP 一天就各有 4 张图，我们再依据标在图上的数据，按规定的、划分好的等级，把相同或相近等级的点连成圆滑的曲线，这样就形成了每一次测试等值线图，一共 3 种污染物。每种污染物一天 4 张图（4 个时段）这样当天晚上我们就要画出 12 张这样的污染物等值线图。

唐先生不愧为我国著名的环境学家、大气环境专家，他设计出的这种等值线图可以非常直观地反映出某种污染物在某个时段里在茂名市区及周边的扩散范围及其浓度超标情况，这样为分析茂名市的污染状况和污染程度提供了科学的依据，为下一步分析主要污染源的危害及污染的防治打下了扎实的基础。污染物的浓度等值线，是围绕茂名石化厂形成一个近似图形的分布，当东南风明显加大时，就在石化厂的西北方向延伸出一个椭圆形的等值线图，这些都说明茂名石化厂是全市最主要的污染源，为茂名市大气污染治理提供了基础。

野外工作是辛苦的，从清晨 5 点多起床，要到晚上十一二点才能休息，但大家在唐先生的带领下，干劲儿很大。60 多岁的唐先生忙上忙下，关照着野外采样和实验室的化验工作，体现出一个科学家的工作精神和态度。那时为了节省经费，我们请了两位当地农民当厨师，我们六七十人的队伍，都是自己买菜做饭的，住的是一栋暂时闲置的居民楼。就这样，唐先生一日三餐都跟大家一样吃着简单的饭菜。每当吃饭时间，唐先生就跟我们一起拿着从学校带来的长方形铝饭盒，等师傅给了饭菜后他会到我们坐的饭桌，跟我们一起吃饭，并询问各个组，包括采样、实验、探空气球等各个部分的工作情况，有什么问题，许多同志遇到的一些问题，当下就会得到解决。因此许多年以后，我们回忆起那时的野外工作和生活时，都会异口同声地说："很愉快，是一个很融洽的集体，让人十分怀念那些难忘的日子。"

大气的低空探测是与大气污染物采样同步进行的，主要是取得低空层空气的温度、风向、风速等数据。除了每天释放探空气球以外，还在茂名热电厂设了个定点观测，是利用热电厂的一座四五十米的高塔，在上面由广东省热带海洋气象所安装了测风、测温的仪器，每天都由该所一位吴工程师爬上高塔一两次，进行仪器的检修、校正。那时上下铁塔是靠那侧边安装的垂直的铁梯，因此，每当唐先生去那里巡查或者在饭堂吃饭时，都会对那个吴工程师交代安全事宜，叮嘱他千万注意安全。有一次，他在饭桌上对吴工说：

"吴工啊，你千万不要粗心大意，我要对你、对你单位负责呀！"

直到 21 世纪初，在广州市的一个会议上，我见到吴工时，他说："当时凭自己年轻气盛，是不害怕的，50 多米高的铁塔，有时候我一天要上去两三次，但唐教授比我们还紧张，一见到我就交代要注意安全，要我在风太大时不要上去。还对我说：'你们学校，当学生，甚至年轻老师都好，有人管着，看护着，就像父母对待儿女一样，真好！我们离开学校多年了就没有这机会了，真羡慕你们！'"

唐先生就是这样一位科学严谨，对学生严格要求又关怀备至的长者。

六、爱生如子

每当夜深人静，翻阅《环境科学与可持续发展——唐永銮论文选集》时，我都不禁心潮澎湃，无法安静下来。唐先生的音容笑貌，点点滴滴往事，又重现在我脑子里，久久不能忘怀。

我是 1965 年本科毕业的，毕业论文是唐先生指导的，1965—1968 年又师从唐先生读研究生，方向是综合自然地理。以后到基层去工作了 10 年，直至 1979 年调回母校。10 年，对于一个人来说不算很短的时间了，离开尊敬的老师，脱离了专业，回校后，一切都已今非昔比，碰到的困难可想而知。

那时，唐先生在学校系里的安排下，正在筹建环境科学研究所，系里要我当环科所的秘书，协助唐先生筹建这个所。

在高校，首先遇到的是职称问题，当教师如果职称很低，可能连讲台都上不了。我回校后，学校给我定的职称也很怪，叫"教员"。我没有问过，我猜，学校可能认为，定助教吧，似乎低一点，毕竟我研究生毕业也 10 年了，定讲师嘛，又没有业绩，我不干专业已 10 年了。工资嘛，是一个月 58 元，那时，本校毕业留校第一年是 51 元，我是高一点儿了，但他们毕业一年后，即试用期满一年后，转为 61.5 元，这一比我又低了，那时升讲师是 68 元。因此有熟人问我职称、工资时，我只说不三不四，是调侃也是无奈，也难为领导想得那么透彻了。那时，从工资、职称看，我既不是助教，也不是讲师，给个"教员"称呼很合适吧！后来，经过几年，终于定为讲师，工资也与同职称的拉平了。

后来，就是升副教授的问题。首先遇到的是英语考试，毕竟我丢了 10 年英语，复习起来是何等困难。即便毕业时英语还过得去，

27

10 年来很少接触，也忘得差不多了。因此唐先生要我去读一本《环境地球化学》，是美国密苏里科技大学的约翰·福斯克教授的一本书。我就抱着这本厚厚的书硬啃下去，同时还参加了晋升职称的英语培训班，后来，英语考试得了 70 多分，算是过关了。在进入系里升职评审时，唐先生很关心，可以说是操尽了心，有一天早晨 6 点多，我们都还没有起床，突然听到有人敲门并喊我，我急忙起床赶去开门一看，是唐先生，忙问：

"唐先生，有什么事吗？"

初时，我是想唐先生可能有急事要我去办理，但是，唐先生说："告诉你，你申请副教授的事，系评审组通过了。"

唐先生也没多停留就走了，我望着唐先生的背影，心中的感动真是难以言表。后来才听说，唐先生一直关心我的职称问题，昨晚从系领导那里了解到系里评审的情况，今天一早就跑来告诉我，我看唐先生为我高兴的样子，就像他自己的孩子升职一样，真是爱生如子呀！

环境科学研究所从开始的五六人，很快就增加到了 20 多人。因为刚办所不久，事情千头万绪，我自己除了教本科的课外，大部分时间是协助唐先生去找项目，联系项目单位，以及组织野外作业、整理资料、撰写报告。那时项目还不多，但是仪器设备、实验室等等都是白手起家，一点一滴建设起来，还有人员之间、专业之间的协调，事情是很多的。那时我家里还没有电话，唐先生有什么事情交代就经常跑到我家。凡是唐先生要我办的事，我都会记清楚，办妥之后会向他汇报一下，这大概是我在基层（县委办）工作时留下的习惯吧。当时我住在西南区 3 号楼的平房里，出入还是比较方便的。

唐先生不仅对自己带的学生很厚爱，对其他学生也是如此。许多本系甚至本专业毕业的学生，到外省工作几年、十几年了，还有些人因家庭、工作等原因希望回广东工作，大家知道唐先生在全国、省里环保界有很高威望，希望他能帮忙解决调动问题，因此经常有人写信，或打电话到系里，想请他帮忙。唐先生在此时，总是想尽办法帮助他们,他会找领导及有关人员给予推荐。正是唐先生的威望和口碑,使得好几位往届毕业生得以回广东工作,后来他们有的提升为处长,或者单位的负责人。每当开会或其他活动遇见唐先生时,那些得益于他帮忙而调回来工作的同志,总要感谢他,向他问好,但唐先生总是说,应该的,应该的。还有,也是说得最多的就是鼓励这些同志好好干,有时他听到上级领导表扬某同志时,会很高兴地转达给该同志再鼓励一下。

唐先生对学生、下属的关心与爱护,他手下许多的工作人员都深有体会。同时,唐先生对工作、对学术问题,要求又是很严格的。那时,唐先生认为,地理学不应走定性描述的路子,应向定量化、数据化方向发展,必须到大自然去取得样本,再回到实验室进行化验研究,因此,他十分重视实验室建设,十分重视取得真实数据。

在中大环科所的最初几年,唐先生要我去化学系旁听分析化学课,以后他又亲自联系,要我到广州市环境监测站去学习大气的野外采样、实验室的原子吸收光谱分析方法。那时我已踏上中年了,对于去学习这些从未接触过,且不是自己专业的东西,觉得不可理解,认为自己学了也没用。同时,他推荐我读外文版的有关分析化学、地球化学方面的书,学一些化学分析的知识,虽然碰到了很多化学学科的词汇,对我来说很生疏,但想到可以扩展一些英语词汇,还是硬着头皮读下去。

事实证明,唐先生是很有远见的,可以说唐先生对于新鲜事物总是有其独到的眼光。后来环科所发展很快,建立了自己的实验室,也从外面调进了 5 位有分析化学背景的新人,购买了大量的水、气采样仪器、分析仪器。因为我是唐先生的秘书,因此对于实验室的管理,甚至根据需要购置什么仪器、分析人员的分工和管理我都要参与。因为过去学的一些基本化学分析知识,以及对各种仪器的了解,此时对我的工作有很大帮助,因此,我做出的方案,提出的意见,唐先生都比较满意,给予了充分肯定并采纳。再后来,我们所牵头完成《茂名市工业污染物地方排放标准》制定时,野外工作中,光大气采样点就有 37 个，茂名小东江的水质采样断面十几个，分析项目十几个。这样需要建立一个庞大的临时实验室，人员除了主要有茂名市环保人员外，还有来自海南、惠州、梅州等地的监测人员几十人，那时我也参与到这项工作中，由于有了前几年学习和实践的基础，也是比较好地完成了这么大型的野外和室内的工作，使整个课题能够顺利完成。

因此，多少年来，我一直怀着崇敬的心情学习唐先生爱生如子、关心他人、帮助他人的高尚品格，学习他对于工作、对科研严格要求，对学术问题精益求精的精神，特别在当今快节奏的时代，更应学习唐先生，脚踏实地，一步一个脚印地做好自己的工作，钻研自己的业务，克服急功近利的心态。

这才是学习唐先生的要旨！

第二篇　旅游篇

旅游是人们的物质生活获得基本满足之后的追求和欲望。旅游者不远千里，跋山涉水，到达异地他乡，为的是领略异地的新风光、新生活，以获得平时得不到的知识和愉悦，给自己心灵以慰藉。或者在快节奏的生活当中利用假日放松一下身心，去享受阳光、沙滩、大海、蓝天和白云。

本书旅游篇记录了这些年旅行过的祖国大好山脉河川，以及一些国家的风景名胜。人生就是一次充满幻想的旅行，其实并不在乎沿途的风景如何，而在乎的是看风景的心情。时刻保持一颗平和的心，保持一份清醒的头脑，享受旅途中每时的感觉，赏一路的风景，体验一下不一样的生活，或许仍然有些平淡，却能愉悦心情。这就是人生。

一、宁静深远苏梅岛

从广州直飞泰国苏梅岛的飞机稳稳地降落在机场上，正是傍晚时分。从机上下来，第一眼就见的是那橙红色的晚霞，机场上飞机很少，甚至车辆也不多，十分清静，虽然是夏天，海风吹来，也有一点儿凉意。

旅行社安排的地陪已举着牌子，在出口处等着我们。上得车来，不一会儿已到旅馆二楼。打开房门，一股淡淡的花香味，扑面而来，床上被褥整理得整整齐齐，一束鲜花就放在被子上，一切都那么整洁、有序而温馨。推开阳台的门，溅着白色浪花的大海就在眼前，似乎又闻到那熟悉的、淡淡的咸味。外孙女从旁边房间跑过来，大声喊着：

"公公，公公，大海、大海，我们住在海边。"那个高兴劲儿，周围房间的团友都听得见。

我是很喜欢大海的，总觉得能见到大海，特别令人心旷神怡，看着海浪的波动，海天辽阔，人的心胸也会开阔一些。年轻时，因为工作需要，在海南岛秀英港、清澜港，还有湛江港、汕头港、博贺港等港口出过海，任凭大风大浪，从来没有呕吐过。直至如今，对大海总是有一丝丝的情结，因此，在计划这次旅行时，我就对女儿说："过去到过国内外许多地方，大多是城市或名胜古迹，这次应该到海边去玩几天。"

小岛太安静了，没有城市的喧嚣，没有汽车的喇叭声，特别是夜幕降临的时候，似乎一切生命都进入了静谧、安然和深远之中。我们也在这静静的夜中进入了梦乡。

早上，我们在苏梅岛海涛声中醒来，下了楼，来到自助餐厅。

吃完早餐，我和妻沿着花园小径漫步，到了一个游泳池边，池子中等大小，水很清，且是流动的，许多小孩在那儿戏耍，互相泼水。再出去就是沙滩了，沙滩广阔无垠，沙细而白，眺望远处，海浪由远及近扑向沙滩，从初时高高的浪尖，靠近沙滩边时已连成一条白线，长长地横在沙滩上向岸边推进，然后没过我们的脚踝，伴随着沙沙的响声，水漫过我们的小腿了。我们赶快退了回来，由衷地感到自然界的律动和神奇。

沙滩与陆地之间，是一排排茂盛的林木。这些林木既可挡风沙侵蚀，也可为烈日炎炎下游完泳、玩完沙滩的人们提供一个歇息的地方。在林木前面是一排排的沙滩椅，玩累了可以坐一下，也可以躺下休息一会儿。这种可坐可躺的沙滩椅，柔软舒适，坐在这里，看着不远处的大海潮起潮落，似乎时间都凝固了，一切声息都停止了，只有波浪向前的冲击声和它爬上沙滩时的沙沙声。

我们在沙滩椅上坐下，我把手提布袋放在椅子旁边。这手提布袋还是几个月前才买的，过去我喜欢用一个小小的皮袋，可以挂在肩上，走路挺方便的，后来看见一位朋友用这种手提布袋，也挺好，由于比皮袋大，它可以放下一个小水壶、一把雨伞，里面还有带拉链的小袋可以放钱包或手机等，出外也很方便，把两个袋拉手挂在肩上即可。这是一个白色帆布袋，袋口还有拉链，袋子外面印有"回家种田"4个蓝色大字，配上竹子等图画，当时觉得蛮有趣的，就买了下来。现在出外逛商场购物、探亲访友，甚至到远一点的地方散步，也会背上它。

就这样，我们半卧在沙滩椅上，瞭望着海浪一波一波地冲向沙滩，又一拨一拨地退去。此时，有一对青年男女头戴着草帽，手里提着鞋子，赤足走近我们，那男的很有礼貌地问：

"叔叔，我们坐这里可以吗？"

"当然可以，你看有许多椅子，尽管坐。"

那男的看着我那"回家种田"的袋子，露出很奇怪的表情，估计他看到这印着简化字的袋子，知道是内地出来的，但他可能不理

解为什么要"回家种田",又为什么要以这样广告式告诉大家?因此坐定后,他问我:

"叔叔,您是干什么的?从哪里来的?"

"我从广州来旅游的,过去教书,现在退休了,出来走走。"

回答之后我反问道:"二位也是来旅游的?"

于是我们开始聊了起来。男生比较活泼,话也多一点,他告诉我,他来自台湾,4年多前去北京读大学,今年夏天才毕业,他说身边这位是他爱人,二人原是大学同班同学,今年毕业后,一起在北京找到了工作,上个月才领的结婚证,这次算是旅游结婚吧!还说到女方是河北人。

"啊,祝贺你们!祝海峡两岸和谐共处,白头到老!"我半开玩笑地说道。

"你父母在台湾吗?他们不反对你娶个大陆新娘吧?"

"他们在台湾高雄,我祖父是国民党退伍军人,祖籍在湖南,父母都很爱大陆,经常给我和妹妹讲故乡湖南的风土人情,讲他们小时候在老家上学,在小池塘游泳,吃辣椒、香辣味豆干、长沙臭豆腐等小吃,因此我到北京读书以及在内地找媳妇,他们都很支持。"

"我姓刘,反正在北京工作,离家乡也近,父母都很支持。"女生接话道。

可以看出,这是幸福的一对儿,时代不同了,过去多少年来,两岸父母和儿子、丈夫和妻子隔海相望却不能相见。经过两岸同胞十几年的努力,如今两岸青年开始享受到这美好的时光。

这男生比较活跃,也喜欢攀谈,我们坐在沙滩椅上,一边欣赏着沙滩、波涛,一边海阔天空地闲聊着。谈到台湾的风景、美食,也谈到台湾的经济、政治,他十分感慨祖国大陆的欣欣向荣。说到台湾青年,他说道:

"在台湾,民进党要想独立是肯定的,蔡英文也是,整个气氛也很不正常。在那里没有一个好的氛围,闭塞、自大,地下电台和各种小报等传媒所传播的是偷鸡摸狗、打架斗殴、自杀等新闻,某个地方有人跳楼自杀了，报纸电台可以讲上三天三夜，但是对于台湾如何发展，怎样把经济搞上去，没有人有兴趣。"

"台湾青年人怎么样？像你这样的年轻人有什么理想吗？"我问道。

"理想谈不上，混日子居多。但是说台湾青年是天然独，我不赞成，台湾青年很多人没有理想，看不到前途是事实。但他们大多数是接触外部真实的信息太少了，不了解、不明白世界上许多新的事情。他们许多人的家庭、亲戚、朋友与大陆有千丝万缕的联系，不会想独立的，但由于民进党的长期灌输，有些人对大陆有误解、有隔阂，甚至有不友好言行，也是真的。但绝不是所谓的'天然独'。那是一种宣传，或者对青年人的一种污蔑。"

人越来越多了，许多人在沙滩上捡拾贝壳；有些小孩在海边上挖坑，让海水渗过沙滩，形成一个个小小的水池，或者在水池里再筑上沙堤；许多年轻人穿着沙滩短裤，泡在海水里，海水进来时后退几步，退去时又跑出去几步，追着这波涛玩耍。整个沙滩是熙熙攘攘的人群。

太阳已爬到头顶上了，我们也该回去了，于是我们从沙滩折回，直接到了自助餐厅吃午饭。坐下吃饭的时候，看见团友陆小姐拿着一碟食品走过来，坐在旁边，说道：

"陈叔叔，上午去哪儿玩了？"

"去沙滩走了一趟，挺不错。"

"那你昨天傍晚有没有去看这里的晚霞？"

"在机场不是看了吗？"

"那算什么！昨天我们不是傍晚到这里的吗？我听导游说，旁边那栋大楼的楼顶上有个观景台，早上看日出，晚上看日落，都非常棒，因此昨天傍晚我们一放下行李就去看了。"

我们参加的旅游团，是由当地导游（地陪）接待的，他们只负责白天带游客看一些岛上的景点，有时候也有自由活动时间（今天就是），因此我们并不知道有个观景台之类。而是陆小姐很热情地介绍说，从我们住的酒店出了门口，往左直走 200 米左右，再往右拐个弯就可看到一栋很新的高楼，进了这栋楼直接坐电梯可以上到 32 层，再爬一层楼梯，就可到所谓的观景台了。

下午 6 点多了，我对妻说：

"为了看日落景观，今天晚餐我们迟一点吃，先去观景台看看晚霞，反正自助餐厅开到 8 点。"

于是，我们一家 6 点半左右已到观景台了。所谓观景台，并没有什么特别的设备，可能比较高，可以俯瞰岛上的建筑、大海、道路等，有一览天下的感觉。

太阳渐渐西落了。放眼望去，在很远的地方是水天交接处，一轮深红色的太阳挂在天空中，多么壮观的日落景象：在天际边，绽放着灿烂的金色，渐渐地混合成桃红、柔和妩媚的玫瑰色，美丽至极，那么神奇，那么脱俗！这是我见过的最壮观、最令人难忘的日落。

外孙女也惊叫起来：

"太阳下海去了，你看，还有那么多五颜六色的光芒！"

我们在议论，生活在岛上的人们多么幸福，天天可以看到这么美好的景象。但是转而一想，日复一日，长期如此，可能又觉得很平常了。

在广州，在珠江边，放眼望去，也会有许多风景是那么迷人！因此，一个人以平常心对待生活，就会处处都是坦途，以平常心对待人生，也会处处是胜景。许多时候，你会在不经意间发现，人生最为曼妙的风景、最为灿烂的光辉，是你自己心中的思绪和从容，是你头脑的智慧和觉醒。

二、旅澳记事

——辉煌，但并不完美

去澳大利亚旅游的人，悉尼歌剧院和大堡礁是必选的参观项目。

在夏日的阳光照射下，远远望去，悉尼歌剧院像竖立在海滩上的贝壳，又像两艘巨型的白色帆船，漂浮在蔚蓝色的海面上，因此有人形容它是"帆船屋顶剧院"。

悉尼歌剧院是由丹麦建筑师乌特松（Jorn Utzon）设计的，从外观看，像是三组巨大的壳片耸立在海边，基座南北长 186 米，东西宽 97 米，是现浇钢筋混凝土结构。

第一组壳片在地段两侧，四对壳片成串排列，三对朝北，一对朝南，其内部是大音乐厅，有 2679 个座位；

第二组在地段东侧，与第一组平行排列，规模略小，内部是歌剧厅，有 1547 个座位；

第三组在上述两组的西南方，规模最小，由两对壳片组成，从远处望去，低矮且小，大约只有一二组的三分之一高，里面是贝尼朗餐厅，每天要接纳 6000 人以上就餐。

整个剧院除了以上三大部分之外，还有话剧厅、电影厅、大型陈列厅、接待厅、5 个排演厅、65 个化妆室，以及图书馆、展览馆、演员食堂、咖啡馆、酒吧间等大小厅室 900 多间。

整个歌剧院规模宏大、演出频繁、陈设讲究，每年在歌剧院的演出就有 3000 多场。

歌剧院从 1973 年落成，至今已辉煌了半个世纪。2003 年乌特松还因此获得了普利策建筑学奖，2007 年歌剧院被收录世界文化遗产，这些都证明悉尼歌剧院在建筑学中有着无法撼动的地位。

记得参观那天，我是怀着敬仰、尊敬的心情前往的，在正门广场上照了相。门面的确不错，颇有特征，但当我们慢慢走向剧院的侧面和背面时，发现其表面是用白色小瓷砖铺盖上去的（后来才听说为了铺盖这些帆船壳片一共用了105万块小瓷砖），此时，我感到万分失望，与自己原来的想象产生巨大的落差。怎么会呢？远处看这些熠熠生辉的帆船壳片，竟是用这么些普通的瓷片贴出来的。瓷片很小，大约也就是10厘米的正方形，瓷片之间的缝隙很大，里面填满了水泥，在风尘作用下呈现灰暗颜色。

同行的一位青年团友说："真没想到，我以为这表面是用什么贵金属或是我们未见过的材料整出来的，原来是用瓷片贴出来的。"

"瓷片用好了，效果也不错嘛！远看确实还算漂亮！"一位老者说。

此时，导游还跟我们介绍说，歌剧院的建设也是曲折多多，譬如比设计时高出十几倍的造价，四倍的工程施工时间，糟糕的声学效果（据说2015年新南威尔士州政府拨款2亿澳元改造过），以及丹麦建筑师与澳大利亚政府反目的故事，等等。这些，或许是美中不足，美人身上的瑕疵吧！

悉尼歌剧院在设计上的另一效果是其形态与悉尼大桥形态的呼应，如果从正面望悉尼大桥，其另一端不远处就是悉尼歌剧院，两座巨型建筑构成一个整体的城市景观，即使悉尼大桥不显得太过突兀，也使悉尼歌剧院不会太过孤单，两座大型建筑相得益彰、彼此呼应。如果你从远处照相，仅仅照一个建筑，就似乎缺少了什么，两个大型建筑放在一个框中，就会觉得特别完美。

白天，在色调比较暗淡的悉尼，有那么几艘白帆船漂浮在海洋上，白帆画面呈现出光彩变幻的自然之美。到了晚上，五彩缤纷的彩灯打在歌剧院的壳面上，色彩斑斓变化，时而金黄，时而变蓝，还有种种图案，颜色变化莫测，使它充满了浪漫主义色彩，这正符合人们的审美观吧！

事实上，歌剧院不仅仅是为了看歌剧，悉尼人不可能天天去看歌剧！但在生活中，却需要吃美食、喝咖啡、看看展览，或者去浏览一下图书、看场电影，这些歌剧院都有为他们提供，歌剧院点亮了悉尼人的生活，也一饱了旅行者的眼福。览赏之余，还可享用一顿美食，挺不错。

大堡礁位于昆士兰州，是世界上最长的珊瑚礁群，纵贯澳大利亚东北沿海，北从托雷斯海峡始，南到南回归线以南，绵延伸展 2011 公里，最宽处 161 公里，有 2900 多个大大小小的珊瑚岛，自然景观非常特殊。北端珊瑚礁离岸最近处仅 16 公里，落潮时，部分珊瑚露出水面，形成珊瑚岛。在大堡礁有 350 多种珊瑚，其形状、大小、颜色都完全不同。形状千姿百态，有扇形、半球形、鞭形、鹿角形、树木形、花朵形的。大小也不同，有的非常小、有的宽度可达 2 米。珊瑚构成的岛屿和栖息的水域颜色有白色、青色、蓝靛色、鲜黄等等，异常鲜艳，绚丽多彩。

大堡礁群与海岸之间是一条极为方便的交通海路，如果从凯恩斯港口出发，可以船去机回，也可以机去船回。在风平浪静时，如果坐船经过，在湛蓝得一尘不染的海水中，通过玻璃的船底可以看到连绵不断、多彩多形的珊瑚景色，以及各种海洋生物等。这里生活着 1500 多种色彩绚丽的热带鱼类、4000 多种软体动物、400 多种海绵及 300 种硬珊瑚。正是这多彩的景色吸引了世界各地的游客来猎奇观赏。1981 年大堡礁被列入世界自然遗产名录。

但是，坐这玻璃船，遇上风浪大时，怕晕船的人就会晕得昏天黑地，可能什么景观也顾不上看了。风浪不大时，玻璃船也不是很透亮（可以想象，玻璃船底不可能天天清扫，特别是与海水接触的底部，总是灰蒙蒙的）。从观赏角度看，远不及香港的海洋馆，人们走过的头顶上就是宽大的玻璃水池长廊，水池里养着各种海洋动物，大的达一两吨，也有各种颜色的热带鱼类，种类可能没有大堡礁海中那么多，但它清晰、直观，也给人很大的震撼。当然更好的是不会晕头转向。至于鱼的种类等，那是生物学家的事，作为旅游者，并不去考察动物有多少种或有多少是稀有动物，其所关心的是有没有观赏价值、好不好看。因此，凡事都有美中不足的地方，大堡礁也是。

另外，据介绍大堡礁岛屿上有上百种鸟类，包括礁石苍鹭、鱼鹰、军舰鸟以及海鹰等，不过这次由于时间仓促，就来不及参观了。

记得一位资深旅行家说过："出去旅游，不要太挑剔，不然令你丧失好心情。"这是至理名言。是呀，世界上任何一处，就是再美、再天下难寻的景点，都有其不足，也有不完善的地方，如果你总觉得这也不够好，那也差一点点，你就没有了欣赏的心情，这跟你出来旅游的初衷就背道而驰了。

就像看一个人一样，品行、才能、智慧再好，也可以找到其他缺点，因此因其一点儿不足就认为一无是处，岂不误人？这是老生常谈了。

总体看，悉尼歌剧院、大堡礁都是很值得参观的景点，因其独特而赢得广大旅游者的赞赏。

三、清新纯净新西兰

飞机于晨曦穿过蓝天白云，降落在新西兰奥克兰机场。飞机低飞的时候，已看到大地上一片翠绿草地，远处有一大片一大片的森林，令人不禁对这陌生的国度产生一连串的遐想。

早餐后，我们即登上观光车，开始了纯净的新西兰农庄之旅。新西兰是一个岛屿国家，全国面积才 26.8 万平方千米，它由南、北岛组成，自然环境十分美丽，有人迹罕至的郁郁葱葱的原始森林、清澈见底的河流，以及散布在草原中的晶莹湖泊，火山地貌和宏伟的冰河地形，因此有人把新西兰比喻为一间"大自然的地理教室"。新西兰更为壮观的是广袤的草地，全国有 54%的土地为牧草地。我们参观的爱哥顿农庄，就是一个以畜牧业为主的草原农庄。新西兰被称为"世界最大的牧场"，全国有 6000 万头以上的牛和无数的羊，其羊群数量排名世界第四，生产的奶酪、奶油和牛奶 80%供出口，出口量为世界第一，羊毛产量居世界第二，仅次于澳大利亚。

观光车在广袤的绿草中穿行，蓝天白云之下，辽阔的绿茵中，可见到一片片白色东西在缓缓移动，那是一群群的羊。走近，你还可以亲近一下小羊羔，摸一摸，甚至抱一抱，它们温驯得很，绝对不会跑，更不会踢你一脚。

新西兰之所以那么纯净，没有污染，除了与它独特的自然环境，得天独厚的气候、水文、森林、草地有关以外，很重要的是该国十分重视环境保护，重视生态保护与平衡，全国建有 14 座国家公园、20 个海洋保护区，这对于面积只有我国广西壮族自治区那么大的一个国家来说，可见其对环境保护的重视。他们还非常仔细地分类回收垃圾，进行废物再利用，同时基本不用农药等化学品，因此其食物品质是很好的。

新西兰的矿产是很丰富的，煤矿的储藏量也很大，但他们提倡利用电力，其水车发电、地热发电占全国用电的90%以上。因此新西兰被世界公认为地球上的净土。

正因为重视环境保护，加上天然的景观构成了一幅世外桃源、"地球上最后一片净土"的图景，当你漫步在壮美辽阔的农庄草原上，茵茵绿草和遍地牛羊的田园牧歌风情让你心旷神怡，把一切烦恼、思虑都抛到九霄云外，这没有污染的农场田园风光、清新的空气、无边无际的绿草地、雪白的羊群，都带给人一种如痴如醉的感觉，令人久久难忘。

新西兰又是一个年轻的国家，是一个外国移民很多的国家。这次旅游，也使我们看到了原住民——毛利族人独特的文化和生活习俗，以及外来移民与原住民和谐共处、相互交融，而形成的独特的人文风貌和城市风光。这次，我们在离奥克兰市不远的罗托鲁瓦的毛利文化区欣赏了一场令人惊奇、惊叹不已的毛利族人送宾礼。

在一个广场上，也是这个部落集合的场所，当我们进入时，站在会场外的毛利族战士手捧长矛，一面吆喝，一面向客人挥舞着，并不时吐舌头，以示挑战。当我们在广场的一边排着队时，他们一步步接近过来，当快接近我们这些客人时，他们将一把短剑或一段树枝扔在地上，这时，我们的一位导游把它拾起，恭敬地捧着站在那里，直至毛利族人跳舞完毕，再把短剑恭敬捧还。导游后来对我们说，这样做是表示我们为和平而来。以后，众人随着毛利族人载歌载舞，尽情联欢，哪怕你跳得不好也没关系。

据说，如果正式宴客，女人们就会进入一间会堂，在那里聆听主人的迎宾词和迎宾歌曲，此时，来宾会把带来的礼物或礼金拿出来呈献给主人，主人与客人行传统的碰鼻礼，宴会正式开始。

因为我们只看表演，不参加宴会，因此，也就在广场上歌舞表演结束后就回去了。

除了众多各具特色的草原农庄，能歌善舞的毛利族人外，新西兰的湖泊、山丘、河流、森林、峡湾、火山和喷泉，也都是世人向往的地方。这些地形、地貌和自然景观，一同营造出梦幻般的世界，带给人缥缈的感觉。

谈起湖泊，最为著名的是蒂阿瑙湖和陶波湖了。蒂阿瑙湖是南半球最大的冰川湖，面积 334 平方千米，有三条巨大的峡湾——北湾、中湾、南湾，像手臂一样从湖的西面延伸出来，风光极为壮丽，因此人们称此湖为"南阿尔卑斯的珍珠"；而陶波湖位于罗托鲁瓦市南面，它是数千年前一次大规模火山喷发后由火山口形成的，而今是新西兰最大的湖泊，面积有 600 平方千米，也是世界上最大的火山口湖。由于湖面平稳如镜，在湖上划船是最好的游览方式，你可以乘当地毛利族人的独木舟，在湖中畅行。湖面平静，湖岸是苍绿的草地，还有一片片的当地的原生林木，苍劲挺拔，景色十分漂亮。

最为壮观的喷泉是位于毛利文化区法卡雷瓦村的间歇性地热喷泉，名叫波胡图，即"飞溅"意思，事实上也生动刻画了间歇性喷泉的喷发景象。由于是由地底的地热能量间歇释放而造成的，一般一天会喷发 10—25 次，每次喷发，热腾腾的泉水被喷至 31 米高处，并发出巨大的轰鸣声，令人震撼。那天我们刚走到旁边供游人行走的小道，只听一声巨响，外孙女以及同行的三四位小朋友，马上惊叫着往后奔跑，没跑出多远，白花花的喷泉已冲上半空中，在风的吹送下，一些小水滴洒落在游人的身上。惊魂未定的小朋友们望着高高竖起的水柱，既高兴，又不敢轻易靠近。只得由家长牵他们过来，近一点看更为壮观，其实除了随风飘洒的小水滴外，喷泉的高度和落下范围都是很有规律的，尽管我们走到只许游人靠到最近的小道旁，几乎能感觉到喷泉发出的热气，但水柱仍有规律地落在离我们不远处的池塘，丝毫不会影响我们的观看。据介绍，雷瓦村一带地下火山仍然十分活跃，游人行走的小道两旁会有袅袅的烟，冒着泡的泥浆池，温度都在 90℃以上。

新西兰森林面积大，草地广阔，因此动物种类很多，尤其是鸟的天堂，鸟的种类多，而且很珍贵。人们最喜爱的当数新西兰的国鸟——奇异鸟，它身材高大，虽然有翅膀却不能飞，很像鸵鸟但却不同，它在地面上摇摇晃晃行走时，确实引人发笑。还有充满好奇心的啄羊鹦鹉，不善飞行的鹦鹉，以及长颈鹿、斑马、犀牛、羚羊。英国船长詹姆斯·库克于1869—1877年曾先后五次到过新西兰，测量并绘制地图，最后宣布占领新西兰，直至1947年新西兰才获得完全独立，但仍是英联邦成员。正是库克带来了猪、山羊、鹿、羔羊等动物，以及其他一些鸟类，丰富了新西兰的动物世界。

新西兰养羊和养鹿的很多，因此其羊毛及其制品、鹿产品也很多。在新西兰，我们参观了一家由中国人与新西兰人合办的鹿制品厂，该厂展销的鹿产品琳琅满目，有鹿胎丸、鹿鞭丸等，总之把整个鹿从头到脚都制成药品了。一位中国工程师说，由于新西兰没有污染，因此这里的牛奶香滑。动物全身都是宝，鹿产品是人类的补品，而且这些鹿产品大多供中国游客购买。

清新、纯净的新西兰，美哉新西兰！

四、我不是抉瑕掩瑜

（一）观水车

在德国旅游的时候，一天午饭后，冒着烈日乘坐大巴从斯图加特出发，走了两个多小时，行程148千米，到达德国黑森林的女巫洞。一听这名字，不要以为是什么巫婆妖女住的山洞，它其实是山间里的一个小村落，有几户人家，一间商店。我们不远百里而来，主要是为了参观一部独轮水车。这部木制水车也不大，直径大约是3米。

这种靠水力冲击叶片而转动的水车，在我国比比皆是，那天我们顶着烈日围着水车看了一遍，一位团友阿姨说："今天下午真是白费时间了，看这么个鬼东西！"

有年春节我们去云南旅游，在丽江市中心的大街上刚好就有一部这种水车，我把照片给大家看，众人都说："比这部大多了。比这部好看多了。"导游听到游客议论纷纷，也有些尴尬，只得招呼大家去商店逛逛，以转移大家的议论焦点。

除了云南省丽江市中心的大水车比这部雄伟很多以外，其实这种水车在国内是很多的，譬如广州市增城区派潭镇白水寨风景区也排列着很多部这种水车，而且大小不同；东北长白山的南坡望天鹅峡谷景区，也有一部与这部大小差不多的水车。我们那次去参观时，并没有多少人，说明在国内大家都见得多了，感觉实在没多少看头。在广东省德庆县盘龙峡景区，那水车有单个的、双轮的，成排成群排列着，沿着小河的流向，成梯阵排列着，一直向下游延伸，那阵势才叫壮观呢！

所以，团友们都很不理解，不远千里出国旅游，竟然选择这么一个景点！

那天下午，还安排到附近的一个教堂参观，那教堂更惨，里面昏暗，白天不开灯，有十几张木椅子，椅子很旧，甚至有些破损了，讲台上摆着几本很旧很脏的经书，仅此而已，这也是一个景点？在欧洲，比这个好得多的教堂何止千万个，在中国也有成百上千。

（二）坐游船

出外旅游，经常会安排一些另外自费项目，譬如观看歌剧、芭蕾舞，坐游船，看马戏，参观画展，等等。本来根据一些游客的爱好，安排一些自费项目是无可非议的，但是许多安排的项目，要不贵得吓人，要不货不对板，使游客参加之后觉得十分失望。

澳大利亚悉尼港的游船之秀，算是比较豪华的一次，游船比较大，可坐四五百人，分上下二层，虽然是木凳子居多（中厅有部分皮座椅），但宽敞明亮，而且都是室内座位，中间还有人送一杯果汁饮料。那天，我们当中参加航班的很少人，大约也就 120 人，因此你可以到处走走，到船舷和廊道上喝茶聊天，或到船头去观潮水涨落。但唯一不足的是，这么大的游船竟然没有景点介绍，不要说是汉语，连英语也没有，上船前看介绍，将在悉尼湾游 1 个小时，观赏高级住宅区，走进屈臣氏湾、玫瑰湾、伊丽落日湾等，由于没有解说，我们又人生地不熟，只得茫茫然坐 1 个小时去看大海而已，周围是有一些高大建筑，但这是哪里，叫什么名，有什么特色，谁也不知道。

很奇葩的是在俄罗斯的涅瓦河坐游船。那天，我们旅游团参观完圣彼得堡的冬宫博物馆后，就参加了游船之旅，全程 1.5 小时，450 元人民币，上船后才发现，船很旧，也不大，上下二层，可坐100 多人，但当时整条船就只有我们一个旅游团，20 多人，可知此种船游是很不景气的了。河并不大，比珠江的广州段要小，两岸没有什么景点，既没有出色的高楼大厦，也没有像样的其他楼房，树木也少，几乎没有什么值得一看的。此时，从船头响起阵阵喇叭声和鼓声，八九个人穿着花花绿绿的衣服、戴着各色帽子敲锣打鼓出来了，由于事前没有介绍，也不知是俄罗斯哪个民族的服饰。先是给我们表演了两三个节目，无非是跳舞之类，有点像哈萨克族的舞蹈，再后来，是一个一个邀请我们跟他们跳，其实这些扮演者估计也只是船员，都是大老爷儿们，舞也跳得生硬不自然，颜值就更不用讲了。我们中有一些人起来跟他们跳一下，大多数人只是站起来凑个热闹而已。团友中有一位老太婆，60多岁吧！这些扮演者走到她桌子前，再三邀请她去跳舞，可是她死活不肯，这些大老爷儿们也不罢休，非请她不可，后来在老太婆女儿的劝说下，她才勉强起来走到船中央，跟着他们跳了几下。我看那架势，非一个个请到不可，我只得起身晃了一下，私自来到一层，看到空无一人，坐在窗前，休息了二十几分钟，才上到二楼，此时也寂静如初了。

此游船也太一般了，木凳子和木桌子，没有广州游船那软软的皮沙发，而且桌椅都很旧，加上两岸没有像样的景点，大家都觉得索然无味；但有一点，是船上准备了好些葡萄酒和白酒以及茶杯等，似乎与其他游船不同，足见俄罗斯人好酒的程度，可惜光有酒，没有花生、干果之类的下酒小吃。

奇装异服的大老爷儿们跳舞，有酒没有下酒小吃或食物的招待，也算是奇葩了。

另外有一次玩游船是在法国的塞纳河，我们参观完巴黎圣母院后，坐上了参观塞纳河的游船，时间1.5小时，250元人民币。

塞纳河的游艇更是土得掉渣。在我们想象中，所谓游船总是较新，设施使人舒适，有相应的装潢；但是这船没有，它分两层，可以坐二三百人，上下层的凳子都一样，是长条形的木凳，一排可以坐七八个人，上层周边是通透的，只有护栏围着，顶上是布篷。这种设施，只有在珠三角一些县市的过渡轮见过，而且是在2000年左右常见，现在也很少了，这种渡轮简陋一些，但每次过江时间都很短，不过几分钟至十几分钟；但是，塞纳河上的游船得坐1.5小时，如果是冬天，大风一吹，那岂不是活受罪！若赶上下雨天，如果风雨交加，坐在船上层也会打湿衣服，总之你可以想象许多异常情况出现，但唯一想不出的是法国这样的发达国家，其供外国旅客乘坐的游船会如此简陋，土得掉渣。

塞纳河游船离岸边并不远，两岸景点也不美，看到的大多是小型码头，以及河上来往的小货船。

团友们议论纷纷，一位来自广东阳江的中年男子说："我们那里港口之间有许多小渡轮，就是 10 年前，随便挑一艘也比这里的游船要强些，这么大热天，不要说空调（不是房间不可能装），甚至连一瓶水都没有。"

相比之下，来自广州的许多团友，对于广州珠江游船更是赞不绝口。那游船有大有小，一船可坐一二百人，外观装饰漂亮，内部更是豪华，崭新的皮座椅，干净舒适，夏天有空调，通透、洁净的大落地玻璃窗，可以尽情赏览两岸景色。只见两岸花岗石护栏上排着长花篮，花篮里长着开满红花的杜鹃，两岸长着郁郁葱葱的大榕树，树荫下休闲的人们坐在云石筑成的围栏上，另一边是绿草茵茵的大草坪。晚上，每条游船都装饰着五彩缤纷的彩灯，五六艘、十几艘的在游动，海珠桥、海印桥、东西两塔、广州塔，更是闪烁着变化无穷的彩画，加上两岸的灯光，整个珠江似乎掩映在节日的气氛中，从远处望去，两岸的一排排灯光，像是多条火龙向远处延伸开去。

而这么美的景色，这么豪华的游船，从海珠桥至海沁沙一个半小时的游览，也就 55—90 元不等，比澳大利亚的悉尼港、俄罗斯的涅瓦河、法国的塞纳河游船都便宜一半以上，而且游船上有矿泉水、茶水供应，有小吃，可以在明媚的灯光下，一边欣赏着两岸的美景，一边喝茶聊天，享受愉快而舒适的旅程。

广州真好！我们国家真好！不出国不见得很爱国，出了国更加爱国，爱我们伟大、美丽的祖国。

五、法国印象

从伦敦乘坐欧洲之星列车，穿越英法海底隧道，行驶 3.5 小时到达法国巴黎。穿过隧道以后，见到的是蓝天白云，还有一幅幅风景优美的农村图景，林地，草原，农作物，到处青青绿绿，显得那么幽静、闲适，使人难忘。

法国是欧洲历史上的传统大国，巴黎是几个世纪以来的大都会，这里有着深厚的天主教文化基因与华丽的历史故事。在巴黎西南郊外伊夫林省的凡尔赛宫，是世界五大宫殿（其他为北京故宫、英国白金汉宫、美国白宫、俄罗斯克里姆林宫）之一，它的宏伟壮观，以及其内部富于艺术魅力的装潢和陈设，参观后令人流连忘返。巴黎圣母院是位于市中心西岱岛上的教堂建筑，建造于 1163 年，至今已有 800 多年的历史，它见证了拿破仑的加冕、拿破仑三世的婚礼。由于维克多·雨果的同名小说《巴黎圣母院》，吸引了不少人爬上楼去寻找钟楼怪人，可是随着 2019 年 4 月 15 日的一场大火，塔尖轰然倒塌，整座建筑损毁严重，至今还未修复。如果说巴黎圣母院是古代巴黎的象征，那么，埃菲尔铁搭就是现代巴黎的象征。这座矗立在市中心塞纳河畔战神广场上的铁塔，高 320 米，建成当时是世界上最高的建筑。它分三层，第一二层设餐厅和购物等，第三层为观景台。从这里往近处看，北面为夏乐宫及其水花飞溅的喷水池，塔脚下静静流过塞纳河，南面是战神广场的大草坪和法兰西军校等古老建筑，构成了一幅令人难忘的画面；如果向远处看，在天气晴朗时可望至 60 公里以外，这时嘈杂的巴黎突然静了下来，你看到的是一幅巨大的地图，宽宽的大道，窄窄的小巷画出了不同的线，全巴黎尽在脚下。

就是这座建筑，在 1887 年 11 月动工之初直至 1889 年 4 月完成之后，都受到很多质疑和批评，《泰晤士报》甚至刊登了颇有名望的莫泊桑和小仲马等 300 多人的签名呼吁书，反对这剑式铁塔，认为它会把巴黎建筑风格破坏殆尽，法国著名诗人、象征主义代表人物魏尔伦说他每回路过铁塔，都要绕路而过，以避免看到他"丑陋"的形象。这似乎有些夸张了，远看，埃菲尔铁塔的确还是不错的，不然不会每年有 300 万人登上它，有成千上万人在远处观望它。有人调侃说，你应该先到夏乐宫，走上夏乐宫阶梯前的展望台，可以望见塞纳河彼端的埃菲尔铁塔，铁塔的丑陋就因远视而化为美丽了。

说实话，近看铁塔，似乎显得粗糙，其上涂的是浅褐色的油漆（每隔 7 年要刷新一次，每次用漆量为 52 吨，工作量是很大的），使人觉得灰暗、陈旧，而广州塔的银灰色鲜白、光亮，给人一种崭新鲜明的感觉。

繁华、热闹的奥斯曼大街，云集了巴黎歌剧院以及有百年历史的老佛爷百货商店、春天百货商店等。这里几乎到处可以看到黑头发的中国人，但是这些百货商店内部空间狭小，装修档次不能和国内任何一个大城市的商场比。在老佛爷百货商店，除了那富丽堂皇的巨型镂金雕画的穹顶外，并没有什么值得观赏的东西；如果在广州，天河百货、广百百货、王府井百货，任何一家都要比老佛爷百货商店、春天百货商店宽敞、明亮，它们基本上与我国县城百货商店类似。在北京、上海、广州，百货大楼是那么空旷，货物排列整齐有序，楼上楼下五六层，宽阔得让你走到腿软，而老佛爷百货商店是无法与之比拟的。

记得作家朱自清说过："巴黎人谁身上大概都长着一两根雅骨吧！你瞧公园里，大街上，有的是喷泉，有的是雕像，博物院处处都是，展览常常开。"几十年前大概是如此！这些百年老店，在那时是很大、很豪华的了，如今中国经济的飞速发展，雅骨我们也有一两根吧，喷泉、雕像、博物馆几乎在大城市就可以看到，也就见多不怪了。

应该说，对于大都会的巴黎，交通还是很便捷的，管理和运营水平也是一流的，无论公交、地铁都很准时，每天运营到凌晨1点，候车排队上下车都井然有序，说明人们的素质很高。当你漫步在塞纳河畔，更能体会到这花都的浪漫、闲适，城市干净整洁，但其硬件设施却是落后于中国了，地铁站台是没有屏蔽门的。地铁车窗也是不封闭的，像中国的绿皮车，可以打开窗户。据说一些新修的地铁站台开始有了护栏或屏蔽门，地铁的车厢也很老旧，噪声很大，打电话时，你把声音调到很大，也很难听清楚，这跟我们地铁内可以小声聊天，安静地听电话简直不可同日而语，但是巴黎的地铁很干净。可以说巴黎交通的管理和运营水平是一流的，尤其非常准时。整个巴黎到处是公园，蓝天白云，生活闲适，还有许多著名的欧式建筑，在百年前就是这样了。除了物价贵，个别地方不太安全以外，巴黎的确是一个很好的城市，但现在其硬件设施也落后于中国了，特别是公交和地铁。

巴黎不但房价贵，其他东西也很贵，这与国内不同，我们是房价贵，其他东西都很便宜，因为我们不仅是制造业大国，工业品很便宜，还是农业大国，食物等东西也很便宜，在巴黎，公交和地铁上车一律都是2欧元，相当于人民币15元，出门往返一次要30元，也太贵了，在超市里，一千克西瓜要7.95欧元，合人民币60元。

当然，在路边水果摊买水果较便宜，但也要3欧元一千克，相当于人民币20元了；一杯啤酒或一杯咖啡果汁一般要3—5欧元，合人民币23—38元。如果到外面吃饭，一个人基本要10欧元以上，这还是路边小餐馆的价钱，如果去大一点餐馆吃一顿，大概要15—20欧元，也就是100—150元1人，贵一点的就是250—300元人民币了。但法国人均月收入是2800欧元左右，年收入差不多26万元人民币，扣除很高的社保费，到手也就2200欧元左右，差不多20万元人民币一年，而法国大多数人均收入在1750欧元，所以你在国内如果年收入有16.2万元人民币，你就要比一半的法国人收入高了。

随着中国国力的增强，以及人民生活水平的提高，去到国外旅游的人越来越多了，在法国巴黎的埃菲尔铁塔、协和广场以及奥斯曼大街的商场里，到处都可以看到中国人，戴高乐机场的指示牌有英语、法语、中文三种文字，埃菲尔铁塔也有中文指示牌，在香榭丽舍大街上经常可以听到中国人或不同肤色的外国人在讲中文，使人有一种亲切感，像春天百货商店、老佛爷百货商店这些购物店里，中文店员是标配，在春天百货商店的退税店，负责盖章的小帅哥，中文就不错。这些都说明，中国的影响在日益增大，每当你在大街上、商店里或在机场过关时，不时听到一声"你好""谢谢你"时，心里感到无比亲切和自豪，这是中国人一两百年以来从未遇到过的，享受着贵宾式的欢迎。

六、旅俄记事之一

——俄罗斯大妈

到俄罗斯旅游时，乘坐的是俄罗斯航空公司的空客 330 宽体客机。我们上了飞机，找到座位，把手提行李放进头顶上的行李柜里，还未坐定，空姐已端着盘子来到跟前，盘中有苹果汁、橙汁和牛奶等。我随手拿了一杯苹果汁，抬头一看，是一位大妈，红帽子红衣服，十分耀眼。看年纪应有 50 多岁了吧！在我国应该算是广场舞的成员了，空姐应是年轻漂亮的姑娘，不知为什么俄罗斯航空公司要弄大妈来当空乘，据说俄罗斯美女多着呢！心里带着这个问题坐了下来，再仔细观察一下周围。

旅客们陆续坐好，这位空妈也忙着，关照着乘客的行李放好没有，座位要调整到适合的位置，还不停地送饮料。由于是头等舱，座位很宽敞，一眼望去，旅客人数不多。全舱也就两个空乘人员，另一位是个小伙子，但看起来空妈要勤快多了。空妈一个个检查安全带扣上没有，个别乘客动作迟钝一点的，她会低下身子，帮乘客把安全带抽出来，交给乘客扣上。

整个飞行途中，空妈多次给旅客送饮料。我们是从广州起飞的，在她的眼中，我们自然是外国人了，她英语并不是很好，只会一些单词，例如在送饮料时，会不停地说：

"Apple juice or orange juice?"

"Milk?"

"Hot water?"

她知道我们是中国人，接着又问道：

"Chinese tea?"

在旅途中，妻子觉得有点凉，需要一条毯子，因此我对俄罗斯大妈说：

"Thank you I need a piece of felt."

虽然我说得英语语法不通，但她马上明白了我的意思，然后迅速地取来一条毯子。总之，语言不通并不影响交流，该办的事也马上就办了。并且，俄罗斯大妈非常客气，她给你办了事，例如送条毯子给你，口里还不停地说"Thank you"，似乎是你为她办事一样。

途中，还有几次送水果，送一种三角形的巧克力Toblerone作为零食。

我们这次从广州至莫斯科，参观完再从莫斯科到圣彼得堡，在来回四趟飞行中，乘坐的都是俄罗斯飞机。飞行很正点，也很平稳，乘务员的服务也很周到、礼貌。之前，许多关于俄罗斯航空的传说，诸如机长喝酒冲出跑道、停在那里的飞机被别的飞机撞了，等等，甚至有冷笑话说，每一次飞机落地后，乘客都会不约而同地站起来，鼓掌欢呼感谢机长不杀之恩，这些带有偏见和夸大的看法，使许多人怀疑俄罗斯航空的安全性和可靠性，不过应该说，目前俄罗斯客机已经更新换代了，飞机很新，也很豪华，服务很好，至少我们乘坐的航班就是这样的。

机上的餐食也很不错，很丰富，在上餐的时候，空妈也是尽心尽责的。俄罗斯的食品我们不懂，虽然有英文菜单，但也弄不懂究竟是什么东西，但空妈很是耐心，用不纯正的英语慢慢给我们解释。我们坐的是头等舱，座位都比较低（座位拉开来就可以睡觉），为了我们能点好餐，空妈甚至半跪在地上，给我们解答菜单的内容，这种跪式服务着实让人感动，真把乘客当上帝了，点完餐还不忘加上一句中文"谢谢"，使人倍感亲切。虽然，对于菜单大都弄不懂，稀里糊涂点了一餐，后来吃起来还是很不错，俄罗斯食品也有其独特的风味，真要感谢俄罗斯空妈认真、负责和礼貌的服务。

但我想不明白的是，这从广州开往俄罗斯的国际航班，机上大部分是中国人，为什么在机上的餐单不弄个中文的呢？难道是疏忽了？如果有中文，哪怕不那么准确也好，总比这鸡同鸭讲一样的对话要好得多，这对旅客、空姐、空妈都是极大方便的事。

在俄罗斯圣彼得堡旅游，参观冬宫是一项必不可少的内容。那天，我们到达冬宫门口，简直像来到国内的某个博物馆或展览馆，在人头攒动当中，几乎80%都是咱黑头发、黄皮肤的中国人。中国人钱包涨了，出境旅游已是家常便饭，但在这里，参观的人当中，中国人的比例也太高了。

冬宫博物馆又叫艾尔米塔什博物馆，与巴黎卢浮宫、伦敦的大英博物馆、纽约的大都会艺术博物馆一起号称世界四大博物馆。冬宫一直是沙皇的官邸，1917年11月7日起义群众攻下冬宫，十月革命后，整个冬宫划拨给艾尔米塔什，1922年正式成立艾尔米塔什博物馆，冬宫成为博物馆的一部分。其珍藏的历史文物与艺术品有270多万件，350个展厅展示了占艾尔米塔什全部珍品5%的收藏品，虽然只有5%，但如果你一分钟看一件，不眠不休也得花上一个季度才能看完。

我们旅行团一共21人，加上导游22人，经过安检等手续，进去以后，发现我们队伍里多了两个人，其中一个跟导游走在前面，是位年轻姑娘，我想此人应是带路的吧，冬宫那么大，好多展厅和房间，的确需要人引路，据说一些旅客在里面看了半天，没看完，还走了许多冤枉路。我们的后面还有一位跟着，看上去又是大妈级的人物了，约莫四五十岁吧，她一直跟在我们团的后面，但弄不清的是，为什么20多人的一个团队，要派两个人跟着我们？是怕我们拍照？可许多展品是不允许拍照的呀！还是怕我们挤散了？因为的确人很多，她一直跟在我们的后面，自始至终也没说一句话，只是认真负责地看着我们，直至我们参观完，送我们走出大门，她才微笑着招招手，并与导游打个招呼，离开了。

后来，我们从导游口中才知道，可能博物馆的藏品太珍贵了，除了西欧的艺术品外，还有古希腊、古罗马以及俄罗斯文化史的展品，在宝库中，黄金装饰品、宝石、王冠等也是不计其数的，到这些地方参观，是要另收费的，并且要限定人数和参观时间，因我们团另付费参观这些宝贝，可能就另加防备了。

的确，俄罗斯有许多使人弄不清的东西，譬如在飞机上，在博物馆等，这些地方的服务人员，为什么要任用大妈来担任？难道俄罗斯找不到更多年轻、漂亮的姑娘了？答案是否定的，俄罗斯女多于男，而且姑娘们特漂亮。俄罗斯空妈、大妈等服务员的认真、负责和礼貌的确令人印象深刻。这在现今中国似乎就格格不入，我们的娱乐圈，还有许多服务单位，颜值是第一位的，似乎有了颜值，什么都好，招聘时要求身高多少、年龄多少，都有严格的规定。甚至几年前，韩流影响之大、之深，简直匪夷所思，弄得一些年轻人神魂颠倒去追星，他们往往是不问演技，不问艺德，一味地吹捧、鼓掌，这是一种很不正常的现象。以至在娱乐圈，某人离婚了，谈恋爱了，一些媒体就连篇累牍地报道，有写不完的狗血文章。

俄罗斯大妈给我们很好的启示：比起年轻姑娘或小伙子，在颜值上她们要逊色多了，但好些俄罗斯大妈，以其出色的工作，以及勤奋、认真、负责的精神和彬彬有礼的仪态，征服了旅客，她们带给客人的是纯朴、踏实的印象，赢得了客人的点赞。

俄罗斯大妈能够受到重用，也说明她们公司、单位的领导者具有独到的眼光，他们不凭脸蛋决定一切，最终为公司、单位赢得了信誉。我想这是我们许多公司、单位领导值得借鉴和学习的地方。

七、旅俄记事之二

——宫殿和地铁

我们于 2015 年 8 月到俄罗斯旅游期间，看到了许多景点，印象最深的是宫殿，如莫斯科的克里姆林宫，圣彼得堡的冬宫、夏宫和叶卡捷琳娜女皇宫等，且各具特色和特点。

莫斯科的克里姆林宫是世界上最大建筑群之一，是俄罗斯总统办公地点，建于 1256 年。它那高大坚固的围墙和钟楼、金顶的教堂、古老的楼阁和宫殿，耸立在莫斯科河畔的博罗维茨基山上，构成了一幅壮观、美丽的艺术建筑群。克里姆林宫在俄语中意为"内城"，在蒙古语中是"堡垒"之意，保留至今的围墙长 2235 米，厚达 3.5—6.5 米，高 14 米，围墙上有塔楼 18 座，错落分布在三角形宫墙上，5 座城门的塔楼和箭楼装上了红宝石五角星——这就是克里姆林宫红星。进里面参观，需经过非常严格的安检，大一点的包需在门口寄存。

我们走到政府办公大楼的门外，距离好远，就有卫兵过来挥手让我们离开，里面是不准参观的。外孙女和她一位同学在那里摆着舞姿照相，我对她们开玩笑说：

"姿势要摆得好看一点，普京总统在上面看着你们呢！"

"普京要办公才没空看我们呢，我们在克里姆林宫里跳舞，照好一点儿，我们自己看。"

宫内建筑群以众多教堂为主，其中圣母升天大教堂和天使报喜大教堂最为著名。圣母升天大教堂于 1479 年重建，是历代沙皇登基的地方，教堂内布满古老精致的画作，大都有几百年的历史，其中一幅画为珍贵而古老的《圣乔治》圣像，创作于11世纪末。圣乔治是俄罗斯大公和沙皇的保卫者，是公认的、理想的士兵和祖国的保卫者，历代沙皇在遇到国家重大事件前都到此圣像前祈祷。据说斯大林和朱可夫在卫国战争期间与纳粹德军决战前夕曾来过《圣乔治》圣像前祈祷。天使报喜大教堂始建于1484年，专供莫斯科大公和俄罗斯沙皇家人做礼拜。教堂里布满壁画、圣像和圣物。据说，普京2018年再次当选总统的宣誓就职典礼就选择在天使报喜大教堂旁边的一栋楼里。

克里姆林宫内还陈列着一尊有数百年历史的大炮和一座巨大的铜钟，不远处是普京总统直升机的停机坪。

莫斯科地铁被称为世界上最漂亮的地铁，其每个地铁站点都由俄罗斯著名设计师设计，各站点建筑造型各异，华丽而典雅，各具风格。建筑格局也不尽相同，大多用各种颜色的大理石、花岗岩、陶瓷或五彩玻璃镶嵌，并配以各式浮雕、壁画、雕塑装饰，照明灯具，看起来格外别致，有"地下艺术殿堂"之称。其中的俄罗斯环线站，是莫斯科最为热闹的交通枢纽之一，内部装饰华丽，站内高悬着圆形吊灯，其12块彩色玻璃装饰物显示出白俄罗斯的文化和习俗。文化站，宽阔宏伟，由6盏花式小灯组成的串串吊灯悬在站的顶部，简洁明亮，每条柱子上方都有幅彩色的壁画和浮雕，刻绘着工人、农民、医生、教师、科技人员、运动员、少先队员、芭蕾舞演员等，充满文化和生活气息。共青站，是莫斯科地铁最豪华且最具特色的站点，从上而下全是由色彩缤纷的大理石装饰，站内两侧是互对的拱门相通，拱门的每一根柱子上端都有精美的雕刻，站的圆形顶上是黄色间蓝的巨幅浮雕，精致多彩的大吊灯悬挂于上，整个站点就像一座地下宫殿，在站的一端，一尊汉白玉列宁上半身雕像竖立在褐色大理石基座上，上面是苏联国徽浮雕，另一端，是一幅俄罗斯大团结的圆拱形彩色壁画，画面上有列宁头像的多面红旗迎风招展，画面色彩鲜艳，人物栩栩如生。游击队员站，古典简朴，以雕像为主，展示了当年卫国战争期间游击队员的战斗生活，在站的出口处竖立着一尊手持棍棒、身穿大衣、仰视前方的巨大的游击队员雕像，仿佛让人们记住在卫国战争期间，广大游击队员与德国法西斯侵略者誓死战斗保卫祖国的壮烈情景。

莫斯科地铁是美丽而壮观的，但因其建成时间久远，车厢已显得破旧，行进时噪声颇大，也不太平稳，与广州任何一条地铁比，真的显示出老态龙钟了。坐在平稳崭新的广州地铁车厢，安静而舒适，此时更觉得外国的月亮不比中国的圆。

莫斯科红场也是世界闻名的，但比起天安门广场就显得小气多了，它总面积才9.1万平方米，而天安门广场有44万平方米，可容纳100万人集会。红场地面据说是由竖立的花岗石砌起，很坚固，但地面不是那么平坦，人在上面走就不那么舒服了，跟走在乡村的石阶路上一样。

夏宫是沙皇彼得大帝最爱的宫殿，建于1741年，被称为俄罗斯的凡尔赛宫。我们参观了皇室大厅、会客厅、书房、宴会厅、中国厅和沙皇寝室。各厅展出各式各样珍贵的器皿和用品。令我们惊讶的是，中国厅是以我国江西景德镇画面为背景，用中国漆器装饰，里面展出许多珍贵的瓷器和清朝皇帝送的古玩珍宝。而彼得大帝的寝室，全是中国丝绸装饰，身高2.03米的彼得大帝睡觉的龙床只有1.8米长、90厘米宽，据说沙皇是为了提醒自己和臣民时刻保持一致准备战斗，体现了俄罗斯民族的战斗精神。从夏宫出来，是宫殿的上下花园，其中以上花园最美，奇趣壮观的大大小小喷泉，令人眼花缭乱，喷泉之水汇集成一条小河直通地中海。沿皇宫阶梯下来，再回首一望，夏宫矗立在山岗之上，金色的雕像和那些大小众多的喷泉，以及那不远处碧蓝的地中海交汇在一起，是一幅绝美的风景。冬宫坐落在涅瓦河畔，浅蓝白色，共有1877个房间，宫内藏有名画、雕像、古玩等，多达270多万件，是世界四大博物馆之一，其中有著名壁画《替罪羊》、巨型大理石雕像《宙斯》、凡·高画作《耶稣降生》和《圣母与耶稣》等，据说凡·高传世画作共12幅，冬宫就收藏了两幅。还有价值连城的一张圆桌，桌面是用钻石镶嵌而成的美丽画作，栩栩如生，而沙皇尼古拉饭厅的饭桌上的座钟时针指着上午 11 点 8 分，正是 1917 年 11 月 7 日上午的这个时间，苏维埃士兵在这里活捉了尼古拉，十月革命胜利的时刻就永远定格在这个座钟上。出了冬宫大门就是宽阔宏伟的冬宫广场，广场上屹立着亚历山大纪念柱，它是高 47.5 米，重达 200 吨的大理石柱，面对石柱的是三扇大铁门，当年苏维埃士兵正是从这里冲进去活捉了沙皇尼古拉，从而宣告了十月革命的胜利，建立了世界上第一个社会主义国家。

叶卡捷琳娜女皇宫，是圣彼得堡另一特色的宫殿。它由叶卡捷琳娜二世女皇修建。宫殿蓝白相间，色彩清新柔和，有着女性的柔美、娇媚的风韵，被誉为俄罗斯建筑艺术的顶峰。进入皇宫，依次是皇宫大厅、军官餐厅、白色小餐厅、亚历山大一世中国厅和琥珀厅等 11 个厅堂，各个厅堂均拥有稀世珍宝，特别是皇宫大厅，面积 1000 多平方米，厅内四周、门窗和室内物品都贴着俄罗斯特产乌金金箔。进到大厅，就像进入了一个黄金世界，据说整个大厅仅用了 9 公斤乌金打造成金箔装饰而成，可见乌金性能的珍贵，以及令人赞叹的俄国工匠的工艺水平。琥珀厅面积 92 平方米，全部采用俄罗斯特产琥珀蜜蜡装饰而成，其中有 4 幅雕刻画作是用琥珀这种珍品镶嵌而成，实为世上罕见，其价值达 33 亿美元。当我们走进琥珀厅，一股琥珀的清新香气扑鼻而来，然而，琥珀厅是绝不允许拍照的，旁边俄罗斯大妈在紧紧盯着游客。

八、难忘的丽江山水风情

1996 年春节，我们一家是在大理、丽江度过的。节前由于广州至云南大理的人太多了，定不了飞机票，只能先到深圳，第二天再从深圳飞往大理，在大理住了三晚，而后乘火车到了丽江。

在丽江，我们住在离市中心大约 1.5 千米的一个小区别墅里，是早一个多月前网上预订的酒店，名叫御祥别墅度假酒店，是一座四层的别墅，分开两半，我们一家住一半的二层、三层、四层，每层一个大房。从大门一进别墅，就看到一个小花园，种着多种花草，再进一道门就是酒店的办公区了，除了长条形的柜台，旁边还有一个小孩子玩的游戏区，以及一个书柜，有沙发、长凳，供客人休息之用。当我们住下来，欣赏房间及周围环境时，觉得非常满意，房间整齐、清洁，正中的大床足有 2 米宽，金黄色带着花纹的床单、床垫以及枕头都十分豪华，似乎来到故宫皇帝寝室，旁边有茶几、红色的椅子，卫生间也很干净，牙刷、牙膏，甚至剃须刀，一应俱全，各种大小毛巾整齐地叠放在架子上。来到阳台，是足有七八平方米的长方形结构，周边还拉上红色的布帘，一边摆着一架红色的摇椅，人坐下去可以前后摆动，摇椅的旁边，有个小小的书架，架上摆着 10 多本书，大多是小说、杂文，还有一些可能是供小孩看的画册之类的书。拉开窗帘，近处是一排排的别墅，远处可望见白雪皑皑的玉龙雪山，啊，真美！原来这房间就叫雪山双阳台观赏房。

此时外孙女从二楼跑下来，一进门就喊道："公公，看见雪山没有？我们房间可以看到。"那种高兴劲儿，似乎得了一个什么奖似的。

外孙女还不断夸她妈妈订的酒店不错。看来也是的，很早就听说，云南大理、丽江的酒店中民宿旅店、家庭旅店很多，据说仅仅星级酒店就有 196 家，其中五星有 3 家、四星 14 家、三星 43 家，但是要选择价格适合、干净、比较漂亮的旅店就不那么容易。有一个朋友到过丽江两次，前后住过 5 家酒店，几乎没有十分满意的。是呀，丽江每年要接待 3500 万游客，要使每个人都满意，几乎是不可能的，我们是很幸运的了。

　　因为中午才从大理赶过来，下午就不出去了，稍微休息之后，到别墅周围转了一圈。因为正是春节期间，到处都是张灯结彩的，节日气氛十分浓郁，还不时听到远处传来鞭炮声音。下午时分，天气有点热了，早上加一外套，现在穿个单衫都觉得有些热了。丽江属低纬度暖温带及高山地季风气候，海拔高悬殊大，从南亚热带至高寒气候均有分布，四季变化不大，但干湿季分明，气候垂直变化明显，而昼夜温差较大，兼备海洋性气候与大陆性气候的特征。正因为地理环境的特征，因此丽江气候有许多奇特的地方，在太阳下和背阴处的温度差异，早晚和中午的温度差异，下雨和出太阳的温度差异都较大，最高可达 10 多摄氏度，因此，当我们觉得热不可耐时，外孙女跑步到一棵大树下，并招呼我们过去，一走进树荫下，顿觉得十分凉爽，人也精神多了。腊月时节，都过春节了，在太阳底下，这样闷热，着实难以想象。丽江的气候这么难以理喻恐怕就是它的特点吧！

　　回到酒店，马上觉得气温降了下来，此时也走得累了，来到阳台上，半躺在摇椅上，简直是太安逸了。话说这摇椅，许多家庭都可能有，它是一个弧形的结构，当你坐下来，你只要身子往前动一动，身子连椅子就向前摆去，由于重心在弧形椅中部，椅子又会自己摆起来，借着惯性，又会往后摆去。这样，你一次用力向前摆一次，椅子会带着你前后来回摆动几次，你也可以停下来，泡上一杯云南的普洱茶，坐在摇椅上安静地、细细地品茶，旁边小书架上有好些书，你可以抓过一本，一边品茶，一边看书，真是神仙的生活了。

我随手抓过一本书，书名叫《警世通言》，是江苏古籍出版社出版的我国古典话本小说。它用一个个谋官、谋财、奸盗等案情和故事，描述当事者的结果和下场，对于读者来说有警示作用。

别墅酒店周围很是安静，人坐在阳台上，心情也沉淀下来，时间也似乎凝固下来，读书、喝茶、聊天。没有人催你、逼你，"从从容容看本书，平平淡淡一杯茶"，那是很惬意的事情。打开阳台的窗户，向脚下望去，院中的花正盛开着，红的、黄的、白的，很是灿烂，微风吹拂，也有几片花瓣掉落在黑土上，人生也不过如此吧！好似这无言的花开花落，绽放凋零，不断轮回着，今天再繁华、再鲜艳，也将在岁月中逝去，重归于零，重归于土。在这纷繁喧嚣的人世间，你不可能一尘不染，不可能无悲无喜，但既来之，则安之，还是要修炼出一颗淡定、从容的心，就像现在这样，坐在这红色柔软的摇椅上，悠然面对日出日落、月缺月圆，尽意度过自己的每一天。

到丽江的第二天就是除夕夜了，当天我们用完早餐，就到古城玩了一天。高低不平的石板路，弯弯曲曲的小河沟，小店铺里卖着各种各样的手工艺品和各种零食，显示着城市的古朴、娴静和祥和。街上，店铺里不时见到穿着纳西族、白族、苗族等少数民族服饰的姑娘，这是一个彰显民族迥异多彩的城市，有的店铺卖乐器的姑娘一边击鼓，一边唱着少数民族的歌曲，有的是神闲气定地吹着笛子，让游客来到店前就欣赏到一种另类的鼓声或乐曲声。一些人在聆听之余，或许就买上一面小鼓或一把笛子，不会击、不会吹也没关系，就算作游丽江的一个纪念吧！

除夕夜，酒店老板在大门前燃放鞭炮，好些年没放过鞭炮了，甚至看都未看过许久了，小孩、大人都在观看，先放小串的，再放大串的，爆竹声声，加上那硫黄气味的烟气向空中升起，真正过年啦！很巧，酒店老板是几年前中山大学岭南学院毕业的年轻人，我们虽是不同学院，年龄差别也很大，但在千里之外的云南，彼此一经介绍，自然亲热了很多，毕竟同一母校嘛！除夕的晚餐是酒店老板请的，酒店的另一边房间住的是一对夫妻及其一小女孩，因此除夕晚餐酒店就宴请了我们两家人，加上酒店的主管夫妇，这样12人团坐在一张长方形的餐桌边，互相认识以后，就聊起各自家乡的情况、谋生和兴趣爱好，很是融洽，就像一家人在吃团圆饭。酒店老板说，前几年他花了600万元买下这套别墅，再加上装修等，一共在1000万元左右，几年的经营还不错，贷款也还了大部分了，可以看出老板是位朴实而颇有经营头脑的人，也难怪，中山大学岭南学院经济专业毕业生，出来也就半个专家了，加上本人的才智和几年的修炼，还是一个十足的酒店管理专家了。

　　除夕夜的菜色很多，都不知出了几道菜了，味道也很好，多谢主管夫妇的好手艺。记得有一年除夕，我们一家因为留在广州过年，因此在一家所谓五星级酒店定下年夜饭，由于顾客多，我们定的是第一轮，即下午5点半至7点半吃的饭，吃下来一共花了1500多元，而今晚酒店老板请的这一顿比那五星级的酒店菜还要好，我们都吃得很开心。

　　席间上了一锅热腾腾的水饺，老板起身跟大家祝酒，并声明说："这一锅水饺，里面有5个饺子的馅中是包了银子的，是一角钱的硬币，如果谁幸运吃到这样的饺子，一个就奖100元。"他马上从钱包中抽出500元放在桌子上，而后众人纷纷伸长筷子去捞饺子，另一家的小女孩干脆就用勺子打捞起饺子来。由于菜色很多，饺子也一大锅，每个人吃不下几个饺子，最后结果，也只有老板本人吃到一个含硬币的饺子，大家鼓掌，他收起桌子上的一张百元钞票。其他人虽然没有吃到那个含硬币的饺子，不过大家也十分高兴。在异地他乡，过了一个不一样的除夕之夜，特别有意思。

　　外孙女7岁，读小学二年级了，这次丽江旅游她十分高兴，那天她随酒店主管的爱人去别墅区玩，在一面专供游人写字或画画的墙上，她写道："梦在丽江，思在故乡。丽江有爱，故乡有情。"还写上自己的大名和年龄，短短几天她都爱上了这质朴美丽、古香古色的丽江城了。7岁的外孙女写的这几句也挺有意思，有点文采呢！

九、腾冲印象

云南腾冲是一座风景独特、民风淳朴的小城。

腾冲热海是来这座小城旅游的游客必到之处，它位于腾冲市西南 20 千米，面积只有 9 平方千米。亿万年来地壳运动造就了腾冲 99 座火山，88 处温泉的传奇，其中有 10 个温泉群的水温达到 90℃ 以上。在热海景区到处可以看到热泉在呼呼喷涌，尤其是著名的大滚锅，它直径 3 米多，水深 1.5 米，水温达到 97℃，昼夜翻滚沸腾，四季热气蒸腾，只要你一到热海，远远就可以听到沸腾的声音，热气将这里笼罩在一片白雾之中。大滚锅、眼镜泉、美女池，等等，当地人给每一个泉眼取了相应的名字，而每一个名字后面都有一个故事。

洞山温泉是大自然送给腾冲的另一份珍贵而充满灵韵的礼物，它常年 57—60℃ 的硅酸之泉汩汩而出，静静地流淌了千百年光阴，它默默地见证了岁月的变迁，悄悄地灵透了一方宝地，无声地滋养了世世代代的洞山人，因而被亲切地称为"万年百姓泉"。这洞山温泉，因其水质富含硅酸及多种微量元素，对风湿病、关节炎及皮肤病有较好的疗效，一直是当地人洗浴强身的温泉灵汤。

进入洞山温泉，如入福地之景。在青山绿水环绕村中的一泓温泉，有如"二泉映月"，蓝天白云倒映在清澈的池面上，在温泉村中，设有 16 个室内泡池、蒸房，27 个室外泡池（包括 3 个功能池，3 个特色池，1 个儿童池），还有游泳池、水上乐园、生态园区、休闲室外亭、餐饮美食等，是休闲娱乐、健身和餐饮活动的绝佳之处。

腾冲的北海湿地是另一处颇具特色的景区，它位于市区西北方向，距市区 12.5 公里。该处是湿地保护区，其四面环山，地形特征十分独特，属于高原火山堰塞湖生态系统。有大片漂浮于水面的小草，形成整片的漂浮的陆地。如果在夏天，鲜花盛开，就形成五彩缤纷的巨型花毡，具有复杂的生物多样性。每年五月是北海兰花盛开的季节，你可以租一双水鞋去踩草，是极妙的生态旅游景地。我们于 2017 年冬季来到这里，可惜没有鲜花，但那接近枯萎的、长长的草在风中摇曳，似乎告诉我们，它们也曾经茂盛过、辉煌过，不要小看它哟！

　　腾冲除了其美丽、独特的景点闻名以外，还是我国最大的玉石翡翠集散地，其加工经营翡翠已有 500 多年的历史，自古以来就有"翡翠城"之称。明清时期，大量腾冲人到缅甸走厂，使缅甸的玉石产量大增，带来了兴旺的翡翠交易。由于腾冲地理位置得天独厚，距玉石产地只有 358 千米，在相当长的时期内，腾冲几乎成为缅甸翡翠进入我国的唯一通道，玉石交易几乎占全世界的九成。从 1902 年玉石进口量 271 担至 1971 年达到 801 担，每年有两万多匹骡马穿行于腾冲与缅甸之间。由于缅甸珠宝玉石源源不断进入腾冲，使腾冲翡翠加工达到鼎盛时期。当年腾冲城内的小月城是珠宝商人的集散地，商铺里红蓝宝石、翡翠雕件琳琅满目，高中低都有，被称为"百宝街"，昔日繁荣百宝街，雄商大贾挟资来，琥珀牌坊玉石桥是当时腾冲繁荣景象的真实写照。

　　腾冲的翡翠商人几百年来诚信经营，童叟无欺，他们遵循着"得人得金更要得人信""爱我货更要爱我和"的信条，生意兴隆。这也是他们和气生财的真实写照，也是腾冲商人世世代代所遵循的做人品格和经商之道。

　　正是腾冲人民有这么一个优良传统，直至如今腾冲给人的印象是民风淳朴，治安很好，极少有偷盗发生。此次旅游，除了参观景点以外，也只走了县城的几条街，但是我们就看到了叠水河瀑布景区等三处的自售商店，这里甚至连一个看店的人都没有，顾客取了矿泉水或饮料，按那牌子上标明的价格，把钱放进钱柜里即可走人，这真是国泰民安、天下无贼的生动写照。在一处自售商店里，我看到不少人在选饮料，还有一个儿童，拿起饮料就急于喝起来，一边喝一边走到家长那里取钱投入钱柜里，多好的民风！而商店没有一个照料、收款的人。

腾冲市不大，但在市内各街道，不管人多人少，过马路都很有秩序，市内红绿灯较少，一般只在大转盘的地方才设红绿灯，但有许多斑马线让行人通过，有时车辆很多，我们初次都停在路边，不敢贸然过马路，后来我们包车的司机告诉我们，腾冲市有规定，只要是斑马线，行人走过时，所有车辆都要礼让行人，如果发现有司机与行人抢道，强行冲过斑马线的一律扣 3 分，罚 150 元。后来我们大胆地过斑马线了，只要你有序地通过，哪怕是在车水马龙的情况下，这些车都会停下来，让你先通过，他们才过去，真是重罚之下必有文明和秩序，同时也表明行人和司机的素质都很高，在守规礼让之下，才有井然的城市交通秩序。

我们包车的司机是当地人，是一个老实巴交的青年，人长得比较黑，他自己说，许多人都说他是缅甸人或印度人。那天我们到大滚锅景点，车子一直开到山脚下，车刚停稳，下得车来就见有几个妇女手拿一串串的鸡蛋在推销。这些鸡蛋被放在用茅草之类的编织而成的袋子里，一串 10 只蛋就 5 元钱。我们还未下车，司机已先行下来，并且买了两串鸡蛋送给我的外孙女，说到了大滚锅就把他放在大滚锅旁边的一个用木头搭建而成的小锅里，等一会儿熟了，就可以吃了。那天我们照办了，外孙女说鸡蛋太香了，比家里的好吃多了，也是一家人租一部七座车，但从未见过一个司机花钱为我们买东西的，我们请他吃饭或送点东西，也很正常，应该的，人家为你服务嘛！但像腾冲这位司机真是太特别了，况且这司机也是为人打工的，车子也不是他私人的，这租车公司也是一个诚信的单位。后来我们去他公司参观，除了经营租车外，还经销玉石珠宝销售，我们参观时，服务员都很热情，我们租来的车是本田奥德赛七座车，一天租金才300元，在其他城市都是六七百元一天。

　　这次到腾冲，我们还特地到和顺古镇住了一晚。据介绍，古镇里有艾思奇旧居、和顺图书馆、民居博物馆、和顺文昌宫等。但是，似乎并没有很新鲜的东西，由于是古镇，道窄而且陡，上了年纪的人走多了会很累，连我外孙女也不感兴趣，说没什么好看的。

　　到腾冲旅游，总的看来还是挺好的。这里天气也好，冬无严寒，夏无酷暑。但要注意的是，腾冲太阳辐射较强，一年四季，只要太阳出来就很暖和，一下雨可能很冷，昼夜温差可达8—15℃左右，因此无论哪个季节，应急外套或毛衣一定要带。另外，腾冲多雨，因为黎贡山阻挡了印度洋的暖湿气流，形成坡面雨，出游时一定要带雨伞，还有就是紫外线较强，可以预备一副墨镜或遮阳帽以及护肤用品。当然，这里温泉很多，如果想泡温泉，就要带上泳衣泳裤，以防到时找不到而留有遗憾，但泡温泉每次入水时间不宜太久，每次泡15—20分钟就要稍微休息一下，有高血压、心脏病的就更要留意了。

十、辗转劳顿，只为见你一面

很久以来就希望到长白山旅游，看看那无边无际的森林，和闻名遐迩的天池。2015 年的暑假，我们一家终于踏上了长白山的土地。

根据网上推荐，我们提前定好了长白山天域度假酒店。当我们从长白山机场出来，酒店的专车已在等候着。这是一家五星级的酒店，离机场近，距长白山西坡只要 10 分钟的车程。酒店后面有 20 公顷的林场，安静惬意。房间够大，床很宽，浴缸、淋浴设施齐全，智能马桶。还有儿童乐园，男、女温泉。早餐也很丰富。这里没有太浓的商业氛围，但吃喝玩乐都有，是真正的休闲度假酒店，使客人住得开心。

酒店门口是一大片格桑花，此时正开得很灿烂。走出去，有 6 千米的木栈道和 6 千米的环晟山徒步栈道。漫步在林海之中，呼吸着纯净的空气，使人神清气爽。

到了长白山，第一要事是登上天池外。据介绍，长白山是一座休眠期的活火山，在清朝时曾喷发多次，如今天池就是当年的火山口。要登上天池，有四条路径，其中一条为东坡，在朝鲜境内，另外三条路径是北坡、西坡和南坡，分布在我国境内。

北坡最为经典，景点也多，除了天池外，还有长白的瀑布、乘槎河、绿潭、小天池、地下森林等。可坐环保车，再加越野车，直接到达山顶，虽然不用爬山，但看不到天池全貌，只看到一个角。

从南坡上山，开发较晚，比较古朴神秘，车辆又可直达山顶，但目前不对散客开放，在山顶可见到与朝鲜的界碑。这里是鸭绿江的发源地，生态资源丰富，原始风貌更好，可以看天池全景。

从西坡登顶，最富诗情画意，火山地貌十分壮观。我们上山时，还见到在万亩高山花园里，无数奇花异草争芳斗艳，一眼望去，令人心旷神怡、心花怒放。一般是先坐环保车到半山，下车后，就迈开向顶峰前进的第一步，全程900米，有1442个台阶，每一个台阶都写着你登台的阶数。

长白山上，天气变化莫测，在山上看着云开天晴，说不定过一阵子就阴云密布，或者阴雨绵绵，加上大雾，就什么也看不到了，因此，不是随时可以看见天池的。我们昨天从北坡登顶，就因为大雾，上不了，因此，接送我们的司机说："要运气好，才能见到天池。"今天我们从西坡登顶，就又因为大雾，怕上不了，因此，接送我们的司机又说："要运气好，才能见到天池。"后来，当我们从西坡坐上环保车，踏上登顶之路时，外孙女就说："我们今天运气特好，可以看见天池了。"

昨天我们从北坡半山退下来时，心里是有些悻悻的，虽然沿途看了些景点，但心里总觉得不服气。

登顶的过程，可以说是比较辛劳的，首先是天气，一下子又大雾来临，小雨淅沥，突然觉得很冷，虽然是七月天，山下是夏天，但在山上，已是冬天，我们虽然在山下出发时租了棉袄、帽子，还是冻得发抖。

还好，在登顶的路上，人们在喊着、呼喝着、互相鼓励着，在路旁还有许多给人们打气的牌牌。例如：

"行程三分之一，坚持就是胜利！"

"你已到达海拔2000米区城，请你量力而行。请适时休息。"

还有提醒你注意上山节奏的：

"登山辛苦，请你十步一小歇，百步一大休。"

看到这些，使你倍感亲切、温暖！

我们是走走歇歇，终于到达山顶了，此时我们忘记了寒冷，赶在天稍放晴的时候，努力往前挤，希望找到观赏天池的最好位置。

辗转两天，劳碌辛苦，终于见到你——天池。天池位于长白山主峰火锥体的顶部，就像一颗璀璨的明珠，镶嵌在宏伟的群峰之中，它形似一片树叶，呈椭圆形，是火山喷发后形成的火山口湖。从西坡上来看天池，视野特别开阔，从上向下，俯视见到的是天池湖水的清澈碧透，平如一面镜子，周围 16 座奇异峻峭的山峰临池耸立，倒映在湖中，波光峦影，蔚为壮观。天池上空流云急雾，变幻莫测，时而云雾飘逸，细雨蒙蒙，时而云收雾散，天朗气清，绘出了一幅幅"水光潋滟晴方好，山色空蒙雨亦奇"的绝妙图像。天池不愧为"中国五大湖泊"之一。

望着这绝妙、神秘的天池，此时觉得刚才气喘吁吁登过的 1442 个台阶，换来了视觉的盛宴，一切都值了。站在天池边上，回忆起关于长白山，关于天池的一段传神描写："水在云之上，云在峰之巅，时而化为雾，时而羽化仙。"长白山，天地有大美而不言。多么变幻莫测、神秘的长白山天池呀！

长白山寓意"长长相守，白头到老"的意思，正是代表着人们对忠贞与美满爱情的向往与歌颂，对于幸福生活的追求。

长白山是松花江、图们江、鸭绿江三江的发源地，从这里流出的清澈的江水，滋润着中朝两国千千万万的人们。自从 1961 年国家在这里建立了 2150 平方千米的长白山国家自然保护区后，这里的生态环境得到了有力的保护。如今长白山森林郁郁葱葱，宽广得无边无际，林中公路虽不宽，但笔直地伸延着，没有尽头，驾车在这路上，真怀疑不知什么时候才能走出这浩大无边的林区，真是没有尽头。

下山时，我们顺道参观了长白山大峡谷。峡谷位于锦江上源，整个峡谷长约 60 千米，最宽处 300 多米，窄的地方只有几米，垂直深度 150 米，山的两边长满针叶林，初见这么宏伟的大峡谷，令人十分震撼。这里有流水和森林，因此空气质量极好，在景区的大门口有环境实时监测的数据显示，包括负氧离子达到 24336 个，以及温度、湿度和含氧量的数据显示。这真是一个天然的大氧吧！沿着弯弯曲曲的木栈道行走，呼吸着纯净的空气，顿觉神清气爽。

　　下得山来，已是下午5点了，我们来到松河镇找饭店吃饭，在司机的介绍下，到了一间香柴火铁锅炖，是用传统的柴火灶烧制饭菜，口味正宗，食材新鲜。其主料是松花江江鲤，一斤48元，一般有3—4斤重，配料有豆腐、茄子、五花肉、排骨等，现吃现做，物美价廉。如果大鱼再加其他各种菜，那就叫乱炖。这乱炖，绝不是胡来的意思，实际是广东的大杂烩，不过大锅炖，是炖鱼，炖菜，不是炒菜或烩。除了鱼很新鲜外，还有就是，在锅的四周圈的一个个玉米饼，表面黄色，不会烧焦，很香而且很有嚼劲。

　　我们一家人围坐在大锅周围的长条木凳上，每人根据自己喜好，用勺子在大锅里捞鱼或豆腐或排骨，放在自己碗中，慢慢享用，其乐融融。

　　你可以随便选些蔬菜之类放下煮，蔬菜很便宜，一份10—12元，对于我们一家，有了蔬菜配搭煮大鱼，就很合口味了。美女老板很热情，不断招呼我们选择蔬菜及其他副食。当然饭店还有许多种小吃，味道也很好。

　　这松花江鲤鱼太好吃了，很鲜美，差不多4斤重的大鱼，一下子就给大家捞光了，后来我们又追加了半条，一顿下来已是很饱了，这是我们平生第一次吃这大锅炖，不是，叫"乱炖"更准确，因为我们加了很多种菜进去煮。

　　回到酒店，已快晚上8点了。酒店里面有温泉，我们决定去泡一泡。温泉是男女分开各一处，温泉不大，但水温正好，登了大半天的山，有这温泉泡一泡太舒服了。人并不多，一边泡着，一边聊天，也是很惬意的事。这温泉很特别，水质很滑，捧在手上，这水流就像丝绸一般从指缝中，从手掌边滑落下去，初下去泡，觉得很奇怪，泡了一阵后，皮肤也滑滑的，似乎抹了油似的，但不会腻。后来才听说，这温泉水是由于含钠较高，呈现弱碱性，因此觉得很滑，不过泡起来的确很舒服、很惬意。

十一、古都西安

西安、北京、南京和洛阳一起被称为我国的四大古都和历史文化名城。

但凡到西安旅游的人，有两个地方是一定会去的：一是西安古城墙，二是秦始皇兵马俑博物馆。广义的西安城墙包括西安唐城墙和西安明城墙，一般特指狭义上的西安明城墙，它是我国现存规模最大、保存最完整的古代城墙。

明城墙位于西安市中心，墙高 12 米，顶宽 12—14 米，底宽 15——18 米，轮廓呈封闭的长方形，周长 13.74 千米。人民习惯把城墙内区域称为古城区，面积 11.32 平方千米，著名的西安钟鼓楼就位于古城区的中心位置。

西安城墙是在唐皇城的基础上建成的，城墙的防御性很强，它位于西安城四周，固若金汤，气势非凡，整个城墙形成几道防线。护城河是第一道防线，已有 600 多年历史。城门外有闸楼（也叫"谯楼"），用以打更和报警，为第二道防线。闸楼后面是箭楼，高 30余米，墙上布满箭孔，用于瞭望和射击，这是第三道防线。箭楼与正楼之间是瓮城，是第四道防线。第五道防线是正城门了，城墙上 4 个角修的角楼，是辅助城门，做观察之用。城墙外侧，每隔 120米有一座马面（也叫"敌台"），每个马面宽 20 米，从城墙向外伸出 12 米，上面建有可供驻守军队的卡房 3 间。城墙和马面间有女儿墙，既能藏身又能瞭望，还有射击的凹孔和方孔，两个马面之间距离 120 米的设计，正是考虑射箭距离为 60 米，两边同时开箭，不留空当了。登上城墙，朝着朝阳行走，那感觉蛮惬意的。

徜徉在城墙上，可以俯视西安城风光，眺望远处，古城处处流光溢彩，车水马龙。你可以把身子贴在古城墙上，去感受古城墙带来的历史韵味和沧桑感，去感受西安历史的悠远和历史的变迁，也可体会到城墙的永恒，雄伟浩大的古城墙，会使你感到个人的渺小。站在城墙上眺望脚下宽阔的马路，那远处层层叠叠的高楼大厦，以及夹在中间的老房子，顿感历史遗留下的痕迹夹杂在现代繁华之中，还有你想想，那未知的未来，不禁使人浮想联翩。

如果你不想走路，可以骑着单车在城墙上晃悠，遇上节假日，还可以在上面观看精彩的演出，但城墙的路面不太平整，挺不好走的。我们是从南面的永宁门上到城墙上的，整个城墙有主城门4座，即东长乐门，西安定门，南永宁门，北安远门。从民国开始，为方便出入古城区，先后新辟了多座城门，如今已有18座城门了。

登古城墙门票54元，上面有自行车出租，单人自行车45元，双人90元，需付押金200元。我们登上城墙后，的确为这一人工的伟大工程而震撼。行人、自行车很多，我们从永宁门的楼上出发，一直往东，到了东南角楼再折回北，一直步行走到东长乐门。古城墙也太长了，我们走得累了，就从东门下了楼。因为是国庆节，游人很多，城楼上张灯结彩，各种样式的灯笼悬挂在城楼两边的灯柱上，单双人的自行车上的小伙子、大姑娘在兴高采烈地追逐、戏耍。

真是令人震撼，难以忘怀的古代伟大的人工建筑——西安古城墙，再见了！

秦始皇陵博物院是以秦始皇兵马俑博物院为基础、以秦始皇陵遗址公园为依托的，一座大型遗址博物院。其中兵马俑的3个俑坑占地2万多平方米，目前还未挖掘完成，预计可出土陶制兵马俑8000件，战车百余乘，各种兵器数十万件。3座兵马俑陪葬坑组成了一个庞大的军营，似为保护秦始皇陵园的守卫部队，足见秦王朝先祖、秦始皇及皇陵的设计者既有近忧，也有远虑，生前有强大的秦军，打遍天下无敌手，逝后也要有众多兵马俑来把守。

兵马俑千人千面的壮观场面，足见当年工匠们工艺之精湛，也引发今天人们的许多猜想，其中之一是认为用活人制作的，其实经科学家考证，用真人作为模具参照物应是一个最大的可能。这由步兵、骑兵、战车组成的军阵，堪称声势浩大，它展示了 2000 多年前的古代骑兵、轻车兵、弓箭手的生动形象，置身于一排排的兵马俑前，仿佛依稀可见当年处于先秦时期部队排兵布阵、打仗行军的阵势。

俑坑中最多的是武士俑，大部分手执青铜兵器，有弓、弩、箭镞、铍、矛、戈、殳、剑、弯刀和钺等，都是当时的实战武器，身穿甲片细密的铠甲，胸前有彩绒挽成的结穗。军吏头戴长冠，其数量比武将多，秦俑虽然年龄各异，但其脸型、胖瘦、表情、眉毛、眼睛栩栩如生，工匠们用写实的艺术手法把军人的神态刻画得淋漓尽致，十分逼真。

兵马俑博物馆自 1979 年 10 月 1 日对外开放，至今 40 多年了，已形成以考古发掘、文物保护、历史研究、科学展示、宣传教育为一体的现代化博物馆。

秦兵马俑的发现，被誉为世界第八大奇迹。正如 1978 年法国总理希拉克参观后说，世界上有了七大奇迹，秦俑的发现可以说是第八大奇迹了，不看金字塔不算到了埃及，不看秦俑不算到了中国。1987 年被联合国教科文组织列入《世界遗产名录》，至今已接待观众 6000 多万人次，其中包括 200 位国家元首和政府首脑。

我们是于 2017 年国庆节到西安游览的，因在国庆节期间，兵马俑参观点前人山人海，排队的人们首尾都望不见，本来我们每个人都买好了 150 元的门票，小孩子等得不耐烦了，只得每个人再花 150 元购买了优先票，结果自然是不用排队就进去了，真是第一次经历这么特别的事。你多花钱就可以先进去，这也不知是什么样的规矩，不过又一想，多花 150 元可以提前两三个钟头进去，还是值得的。

从旅游赏览角度分析，西安的确是一座历史悠久、历史古迹很多的城市。西安处于黄河流域中部的关中盆地，人们这样说："二十年中国看深圳，一百年中国看上海，一千年中国看北京，而五千年中国则看西安了。"

十二、旅美记事之一

——纽约见闻

　　纽约是美国最大、经济最为发达的城市，但凡到美国旅游，旅行社都会安排到纽约参观。据《纽约时报》2016 年报道，纽约大湾区（含哈得逊西岸的新泽西州）的 GDP 达到 6 万亿美元，占全美国 GDP 的三分之一。纽约是美国最大的金融中心、商业中心、贸易中心和文化艺术中心，华尔街仅仅 500 米左右就有 3000 多家金融保险业机构设置在这里，全美国 75%的书、画在这里出版发行。

　　随着中国人出国旅游的越来越多，许多国家都采用不同方式来欢迎中国游客。在纽约肯尼迪机场，当你踏进机场入口往前走，就可以看到门额的上方除了用英文写："Welcome to New York"外，下面还有横写的中文"欢迎到纽约"，颇使人感到亲切，在二楼大厅上是挂着两幅长约 3 米、宽 2 米的英文广告牌，上面是"This is our answer for your RMB need"，下面是繁体字的中文"助你轻松实现人民币跨境业务"。

　　我与妻子买的是南航头等舱，当我们手持贵宾卡来到大厅一角的贵宾接待室时，服务人员很是热情上前招呼我们，有个别人还会几句中文，说着不很纯正的"谢谢光临"。这是自助的餐室兼休息室，有牛奶、各种饮料、茶水、各种糕点、炒粉面，以及粥水等，由于离飞机起飞还有一个多钟头，我们坐在可以转动，似是吊篮的大靠背椅上，安静、舒心地享受着粤式早茶。

　　在纽约期间，我们游览了时代广场和最为繁华的第五大道等地，在时代广场，高楼上方的电视大屏幕上滚动着打出新华通讯社的蓝色中文影视招牌，新华社的广告也宣传到纽约中心区去了，我们倍感亲切和自豪。在第五大道的华尔街，我们利用中间一个小时的自由活动时间，专门去参观了特朗普大厦。大厦是褐色玻璃墙幕，是70多层的高楼，大门上方有 TRUMP TOWER 字样，它坐落于纳苏街与威廉街之间，门口有荷枪实弹的警察在守卫。我们在外面观察了一会儿，看到许多人进去，警察也不怎么管，而后我们与二位团友（他们是广州郊区的农民夫妇，年纪约 50 岁）也走了进去。进门后，见是一个很大的大厅，左侧是一部安检机，有几位警察在那里守着。我们还在迟疑的时候，负责安检的一个警察用手招呼我们过去，我们就把个人简单行李逐一过了安检，再到大厅中间，仔细看看周边，左边那安检机往前十几米处，有两部电梯，警察打手势告诉我们不能进。在大厅正对面有两排平卧式电梯，供上下楼之用，看上面是咖啡厅，通过玻璃围栏可以看到好些人正在喝咖啡，也不知咖啡是免费还是收费，由于我们自由活动时间只有一个钟头，因此不敢登楼了。我跟那两位农民夫妇开玩笑说："特朗普是商人出身，肯定要收费的啦，他又是一个反复无常的人，说不定咖啡几元钱一杯，一下涨到一二百元，那就受不了了，我们走吧！"两位农民夫妇是很纯朴、老实的人，一路走来，他们都比较少说话，据他们说，现在有多种经营，不但种蔬菜，也种水果，搞大棚蔬菜，因此收入也更好了。两人听我一说，也就跟我们一起回队集合了。据报道，特朗普大厦于 2018 年 7 月 27 日曾发现可疑包裹，并且于 2018 年 4 月 7 日在第 50 层发生了火灾，火情达到了 4 级，造成工人受伤，其中一个重伤，看来特朗普也不得安宁啊！

哥伦比亚大学是我们另一个参观点，它位于曼哈顿，是世界顶级私立研究型大学，校园面积 0.5 平方千米。校园中间是一大片古树参天的绿茵草地，有不少亭台、小桥，点缀得十分亮丽，有如中山大学中区的风貌。离校门不远处有一尊瘦骨嶙峋的狮子雕像，据说寓意学子进校来正像一只骨瘦如柴的狮子，急需汲取知识的营养而壮实起来。校园四周有几十幢教学大楼、实验室大楼、办公大楼和图书馆大楼等。该校创办于 1756 年，比美国建国还早 20 年，当时是英国殖民地，英皇乔治二世捐款给纽约市民建一所以人文、科学和语言为主科的国王学院。1776 年美国独立后，为了纪念哥伦布发现美洲新大陆，遂改名为哥伦比亚学院，最后又改名为哥伦比亚大学。260 多年来，该校培养了许多优秀人才，计有 5 位美国开国元勋，以及奥巴马、罗斯福等 4 位美国总统，35 位外国元首。哥伦比亚大学在 2019US News 美国大学综合排名第三，2018 年《华尔街日报》《泰晤士高等教育》《WSJ/THE》美国大学排名第二。现在全校有学生 2 万多人，其中硕士、博士占 66%，本科占 34%，学生中 20% 来自世界 60 多个国家和地区。

　　这是一所与中国人很有缘的大学。1875 年，广东人丁龙 18 岁，被贩卖到美国，为一个叫卡朋蒂埃的富翁当家仆。由于他忠诚，工作努力，甚得卡朋蒂埃的喜欢。他终生未娶，晚年把一生积蓄 2 万美元（相当于现在 100 多万美元）请主人捐给哥大，创办一个研究中国文化的汉学系（今东亚学院）。当时，这个消息轰动了美国，也传回中国，慈禧太后为之感动，亦捐赠珍贵图书 5000 多册表示支持；李鸿章及驻美公使伍廷芳均有捐赠。以后，从 1910—1920 年获得庚子赔款资助的赴美留学青年，均喜欢选读这所大学，如胡适、冯友兰、宋子文、马寅初、陶行知、陈衡哲、潘光旦、闻一多、张伯苓等著名学者及政要，均在此留学过。

　　我们参观哥伦比亚大学后的晚上，侄女请我们在华人餐厅吃饭，中间谈话得知，原来她中山大学毕业后，也是留学哥伦比亚大学，毕业后在纽约一家华人报社工作至今。

　　哥伦比亚大学下属 21 个院所，包括 3 所本科生学院、14 所研究生学院、4 所附属学院。学院所处的曼哈顿是纽约市中心，纽约最重要的商业、金融、保险机构均分布在这里。纽约又被称为国际经济、金融、艺术、传媒之都，联合国总部与各类国际性组织总部所在地，纽约有 180 多个国家和地区的移民在此生活。这丰富多元的人文社会资源极大地方便了学生的科研活动和实习，学院每年主持大量由联合国与国际组织委托进行的科研项目。同时，纽约市还为学生提供了大量非正式教育机会，学生可广泛利用各类戏剧院、博物馆、音乐会、讲座或大型会议获得学习机会。所以，有人形容哥伦比亚大学的学生在华尔街学经济，在联合国总部学政治，在百老汇学戏剧，是一所得天独厚的大学。

十三、旅美记事之二

——世界赌城拉斯维加斯见闻

从美国的西部城市洛杉矶出发，沿 15 号州际公路往北直行 440 千米，就可抵达赌城拉斯维加斯。这是一座位于内华达州沙漠边缘的城市，人口超过 200 万，面积 340 平方千米。

100 多年前，拉斯维加斯还是一个小村落，1905 年开埠建市，1931 年成为合法的赌城，如今是世界四大赌城之一。拉斯维加斯是典型的沙漠性气候，正午温度常常达到 38℃，最高可达 45℃以上，晚间相对凉爽些，冬季气候温和，白天温度在 15℃左右。

拉斯维加斯又是集旅游、购物、度假于一体的世界知名城市，并有"世界娱乐之都""结婚之都"的美称，它有永不关门的婚姻登记处，平均每年有 12 万对男女到这里结婚登记，在每年 3890 万旅客中，来购物和度假的占大多数。同时，该市也有"罪恶之城"的恶名。

在市中心，举目可见街道两边的一幢幢造型迥异的高大建筑，特别是那些彰显异国风情的豪华酒店宾馆。例如竖有自由女神像的纽约大酒店，有埃菲尔铁塔标志的巴黎宾馆，有地中海风情的蒙特卡洛大旅馆，有以金字塔及狮身人面像做门面的卢克索酒店，还有古罗马式的恺撒宫等酒店。在全市十大酒店中，云霄塔最高，达 350 米高，还有宫殿酒店 196 米，特朗普国际酒店 190 米，据说世界最大度假酒店 90%集中在这里。全市拥有 40 多万套客房，其中最大的米高梅大酒店拥有 5000 多间房。拉斯维加斯就是一座浓缩世界景观的梦幻王国。

这里是名副其实的赌城。全市有 200 多个赌场，每一家都是有 3000 台以上老虎机的巨大赌场，这些老虎机纵横交错地摆满整个大厅，无论你走到那里，都可以听到机器沉闷的旋转声音和金钱叮叮咣咣的散落声。每一个大型赌场的一层都有可举行上千人参加的大型会议厅以及宴会厅，还有各种风味的饭店、商店、健身俱乐部和戏院，楼上旅馆有 3000—4500 间客房。1990 年，中国城也在拉斯维加斯落户，很快成为亚裔美国人的集聚地。

晚上，位于老城区的费蒙街人山人海，热闹非凡，人们在观看头顶上的大荧幕——"天幕"，这是世界上最大的天棚荧幕，长达 400 米，宽 25 米，跨越 4 个街区。这天幕内由数百万个发光二极管灯泡构成的灯光天棚，通过电脑的调控在天幕上展示出由种种色彩组合而成的五彩缤纷画册，天幕上时而显出美女跳舞，时而显出帅哥弹唱，或者时髦美女骑着摩托车呼啸而来，或者百花盛开，焰火四射，绚丽多彩的灯光，令人眼花缭乱，震耳欲聋的音效，令人无比震撼！费蒙街还有许多酒吧、餐馆和赌场，有乐队表演、杂耍卖艺、售卖纪念品和小吃等，在欣赏疯狂的摇滚秀的同时，还可以分享那形形色色的逗乐表演。酒店里正在演出赌城的招牌秀，已上演 20 多年，每天有上百名舞者和歌星在此表演。

拉斯维加斯有许多表演，如梦幻秀、KA 秀美国、拉斯维加斯太阳马戏团、大卫·科波菲尔魔术秀，等等。其票价也不菲，折算成人民币约 250—1000 元不等，例如号称超低价格的拉斯维加斯《水秀》，观看一场演出每人要 965 元。

除了赌场、景点外，拉斯维加斯还有许多展览会，诸多国际鞋、服装及面料展览会，国际礼品及消费品展览会，酒店家具、日用品和餐饮展览会，建材展览会，汽车零部件展览会，国际石材展览会，电子产品展览会，等等。总之应有尽有，形形色色，一年不间断地呈现各种展览。

拉斯维加斯更犹如一枚硬币的两面，一面是地狱，另一面是天堂。纵欲寻欢搭造的舞榭歌台，散发着华丽迷人的气息，赌场失败，身无分文的也大有人在，两个极端如影随形，不可分割。如果你想领略美国的灯红酒绿，豪华时尚，美女如云，就到拉斯维加斯去；如果你穷困潦倒，还剩下几文，也许可以到拉斯维加斯去，搏一个咸鱼翻身，当然，你也可能输得只剩下一条裤衩；如果你的钱多得不知如何花，也可到拉斯维加斯去，可能就会让你重新体会一个街头流浪汉的潇洒。这就是被人们称作人间天堂，也是人间地狱的地方——拉斯维加斯的写照。

从拉斯维加斯的别名，就可看出两面性来，什么"世界娱乐之都""度假胜地"，还有"赌城""罪恶都市""罪恶城"等。在许多人的印象中，拉斯维加斯是一座嫖赌逍遥、纸醉金迷、犯罪率极高的黑色城市，但是身临其境，似乎并非完全是这样，作为世界最大的赌城，其赌博、色情无处不在，但各种丰富的文化娱乐活动、完备的娱乐设施、林立的商店、万国美食以及各具特色的高楼大厦和景点，每年吸引着世界各地的无数游客。据资料显示，拉斯维加斯的犯罪率远不如芝加哥、纽约、华盛顿等地区高，每年来此旅游的近 5000 万人中，大多数都是来旅游、度假、购物，或享用美食的，也有一些从事贸易和展览的人，专程来赌博的只是少数，因此拉斯维加斯有其鲜明的两面性。

参观完街道的夜景，回到酒店已是晚上 10 点多了，但仍有一些团友要前往楼下赌场。是希望大捞一把，还是怀一颗搏一搏的心情试一下水？一位来自广州市荔湾区的退休街道干部也跃跃欲试。我开玩笑道：

"想得个几十万吧？等下赚得不清不楚，背不了那么多钱时，打个电话给我，我在楼上随时待命。"

他看来并不怀有太大期望，悠闲地说：

"你看，我只带 50 美元去，输赢就这么多了。"临走还不忘对我说，背不动那么多钱时，你下来，送你一半。

祝你好运，在异国他乡，在陌生的赌场上有点小赚就很好了，别期望太高。

拉斯维加斯是一个沙漠城市，它之所以有充足的水源和电力供应，完全得益于胡佛水坝的建设。从拉斯维加斯出发，向东南行驶40千米处，便是胡佛水坝了，它是美国综合开发科罗拉多河水资源的一项关键性工程。胡佛水坝于1931年3月开工建筑，具有防洪、灌溉、发电、航运、供水等综合效益。大坝是混凝土重力拱坝，坝高221.4米，底宽200米，顶宽14米，坝长377米，水库面积663.7平方千米，多年平均流量达160亿立方米。正是胡佛水坝的建成，保证了沙漠之城拉斯维加斯的水、电供应，使其成为沙漠中的不夜之城。

比起我国三峡大坝，胡佛水坝工程小一些。三峡大坝于1994年12月动工，2006年5月建成，坝高185米，比胡佛水坝低，但坝长达3535米，几乎长了39倍，装机库容2240万千瓦，是世界最大的水电工程，但当我们在近处向胡佛大坝望去，仍感到胡佛水库的宏伟壮观。由于大坝的建成，使湍急而水深的科罗拉多河的水流变得缓慢而行，就像一头被驯服的野兽一样。

拉斯维加斯，这座位于美国内华达州的沙漠城市，也是一座享有极高国际声誉的城市，这里是吃喝娱乐、购物的不夜城。世界是多样的，每个城市特色也不一样，因此，对于拉斯维加斯的评论和褒贬也各有理据，这就是所谓的见仁见智了。

十四、山水云霞话昆明

昆明，有"春城"之称，四季如春，可夏天避暑，冬天避寒，正所谓"昆明腊月可无裘，三伏轻棉汗不流。梅绽隆冬香放满，柳舒就岁叶将稠。"印象中昆明一定是长年阳光明媚，天空碧蓝又高远，天仿佛也是透明的。可是 2018 年 2 月 6 日，我们来到昆明时，室外的最低温达到了零下 1—2 摄氏度，大衣，帽子全套武装上阵了，难道是历代文人骚客吹出来的四季如春？或许是因为今年只是一个特殊的年份，是一冷年吗？还好，我们有准备，带齐了抗寒的大衣、鞋子、围巾和帽子等，总算对付过来。

昆明有其独特的风景和文化底蕴。位于高原明珠滇池北滨的大观公园是昆明第一名胜，该园与西山隔水相望，因有"近华浦"之称，清康熙二十九年（1690 年），巡抚王维文兴建大观楼，公园因此得名，以后还建了涌月亭、催耕馆、牧梦亭、澄碧堂等亭台楼阁。清乾隆年间，名士孙髯翁路经此处，见众多文人墨客前往吟诗作赋，为清朝歌功颂德，极为气愤，因此撰写了 180 字的长联，后被称为天下第一长联。大观楼也与黄鹤楼、岳阳楼、鹳雀楼等齐名，被统称为中国四大名楼。

孙髯的长联分上下两联，上联：五百里滇池，奔来眼底，披襟岸帻，喜茫茫空阔无边！看东骧神骏，西翥灵仪，北走蜿蜒，南翔缟素，高人韵士，何妨选胜登临，趁蟹屿螺洲，梳裹就风鬟雾鬓，点缀些翠羽丹霞，莫辜负，四围香稻，万顷晴沙，九夏芙蓉，三春杨柳。

下联：数千年往事，注到心头，把酒凌虚，叹滚滚英雄谁在！

想汉习楼船，唐标铁柱，宋挥玉斧，元跨革囊，伟烈丰功，费尽移山心力！尽珠帘画栋，卷不及暮雨朝云，便断碣残碑，都付与苍烟落照，只赢得，几杵疏钟，半江渔火，两行秋雁，一枕清霜。

孙髯的长联出来以后，有许多的评述和解释，现挑一则释文，或许有助于人们理解长联的内容和孙髯的人格。

上联的解释是：五百里浩瀚的滇池，在我的眼前奔涌，敞开衣襟，推开冠戴，这茫茫无边的碧波，多么令人欣喜呀！看吧，东方的金马似神马奔驰，西边的碧鸡山像凤凰飞舞，北面的蛇山如灵蛇蜿蜒，南端的鹤山如白鹤翱翔。诗人们，何不选此良辰登上高楼，观赏那螃蟹似的小岛与螺蛳般的沙洲，薄雾中垂柳像少女梳理秀发一般摇曳，还有那漫天的水草、遍地的芦苇，以及点缀其间的翠绿小鸟和几抹灿烂红霞，尽情欣赏吧！切莫枉费了滇池四周飘香的金色稻谷，明媚阳光下的万顷沙滩，夏日婀娜的莲荷，春天依依的杨柳。

下联的解释是：数千年往事，涌上我的心头，举起酒杯，仰对长空感叹，那些历史长河中诸多的英雄，而今还有谁在呢？试想，汉武帝为了开辟西南到印度的通道，在长安挖凿昆明湖操练水军；唐中宗派兵收复洱海地区，立铁柱以记功；宋太祖手挥玉斧，面对版图，西南画在界外；元世祖率大军跨革囊及筏渡过金沙江，统一了云南，这些丰功伟绩，真是费尽了移山的心力呀！但是朝代更替之快，有如傍晚的雨和早晨的云一样的短暂，那幕帘都来不及卷起就很快消失了，就连那记功的残碑断碣，也都倾颓在夕阳暮霭之中，到头来，只留下几声稀疏的钟声，半江暗淡的渔火，两行孤寂的秋雁，一枕清冷的寒霜。

此长联，有评论说，是一篇有声、有色、有情的骈文，妙语如珠，诵之朗朗上口，想象丰富，感情充沛，一气呵成，但说是天下第一长联似乎言过其实了。中国的许多亭台楼阁或寺庙宗祠，留下的长联不少。例如：

四川青城山庙门长联 392 字，作者清代才子李善济；武昌黄鹤楼长联 350 字，作者清代潘炳烈；屈原庙湘妃祠长联 408 字，作者清朝张之洞；四川江津临江楼长联 1612 字，清代才子钟云舫所题，这应该是真正最长的长联了。

号称"中国四大名楼"之一，给我印象一定是很宏伟壮观的了，但观赏之后，似乎并不是那么回事。大楼只有三层，上楼还要两元的登楼费，记得在苏州寒山寺参观时，上楼敲钟是要 5 元钱，但人家有唐代诗人张继的《枫桥夜泊》这首脍炙人口的诗的典故，而且楼上敲钟，还要有专人伺候你呢！上大观楼参观可以望见天池的一端，而想着西山的睡美人，则要考验你的想象力了。

或许，大观楼的著名与孙髯的长联息息相关。毛泽东登大观楼时，赞该长联为"从古未有，别创一格"。20 世纪 60 年代陈毅副总理读此长联后赋诗："滇池眼中五百里，联想人类五千年。腐朽制度终崩溃，新兴阶级势如磐。诗人穷死非不幸，迄今长联是预言。"可见，伟人们对此长联的评价是很高的。

1961 年，郭沫若登大观楼，即兴题了一首诗："果然一大观，山水唤凭栏。睡佛云中逸，滇池海样宽。长联犹在壁，巨笔信如椽。我亦披襟久，雄心溢两间。"

除了大观楼外，昆明另一个很有特色的景点，就是滇池观景平台了。此观景平台，由于红嘴鸥的光临而变得与众不同，它实际上却是一条有几里长的滇池大堤。据记载，海鸥光临昆明已有 1000 多年的历史，几乎与昆明市的历史相当，说明昆明人对这样的每年从西伯利亚飞来的小精灵们已相当熟悉。特别壮观的一天是 1985 年 11 月 12 日，千万只白色的海鸟在昆明城上空盘旋翱翔，一开始并没有引起人们特别的注意，因为昆明是候鸟迁徙的通道，几乎每年都有来去的鸟儿，然而这次它们久久没有离开，几天后在盘龙江、翠湖都可以看到它们美丽的身影，这也是第一次红嘴鸥进城的记载，以前它们都在郊区。自此以后，红嘴鸥与昆明人结下了情缘，每年冬天，红嘴鸥都会到昆明过冬，在滇池观景平台、翠湖都会有大量游客或本地人对红嘴鸥进行饲喂，在观景平台上，也有许多小摊档，售卖红嘴鸥的食品，如颗粒饲料、豆类或面包，几千人在大堤上喂食海鸥，熙熙攘攘，红嘴鸥时而成群结队落在大堤路面上，抢着食物，时而从空中突然低飞过人们头顶，抢吃人们抛在半空中的食物，许多人把手高高举起食物，也会有一只只海鸥轮流飞过来，把你手中的食物吃掉。

我外孙女看着好玩，也拿起一把豆子，想伸手去喂食，只见一只海鸥突然飞过来，吓得她把豆子撒落在地上，后来看见其他小孩都用手拿着面包去喂食，她也壮着胆，拿起一个面包，刚举过头顶，就被飞过来的一只海鸥吃得干干净净，此时高兴得不得了。这海鸥与人们熟悉了，不时会有一只飞到你头顶上，稍微停息一下又马上飞走了，你想抓它也来不及，这小家伙也太逗了。人们聚集在大堤上，时不时会有一大群海鸥飞跃下来再飞上去，这样上上下下，好像跟人们玩耍一样，特别当有人抓起一把豆，抛向空中时，千百只海鸥冲下来，在空中吃豆子的气势也够吓人的。千百人在大堤上喂食海鸥，形成了昆明一道独特的风景线。

许多小孩子被这独特的饲喂小动物的情景迷住了，久久不愿离开。在观景台中段，我们遇到一男一女小孩子，其家长催他们离开，他们就是不走，结果那家长大步走了，离他们有二三十米了，那小女孩走到我跟前，很有礼貌地说："叔叔给我点小豆子，喂鸟好吗？"我看这兄妹俩的样子，可能手中的食物喂完了，家长不给买了，因此才向我们要的，这蛮可爱的兄妹俩，我便叫外孙女把半袋的小豆子送给他们，他们接过豆子，高兴地说过"谢谢"，就又去喂鸟了。我看他们一直把豆子喂完，才高高兴兴地去其父母身边。

滇池又称昆明湖，在昆明市西南，湖面海拔 1886 米，面积 330 平方千米，是云南省最大的淡水湖。滇池除了有观景平台可观看红嘴鸥外，整个滇池风光也很秀丽，是国家级旅游度假区，湖周围有云南民族村、民族博物馆、太华寺、三清阁、西山华亭寺、郑和公园等，景点不少，而且每个景点都有其独特之处，值得观看。

十五、底蕴深邃的古都南京

南京是我国著名的四大古都之一，景点很多，但凡初次到南京的人，总统府、中山陵、明故宫遗址、美龄宫等地，几乎是必选的参观点。

位于南京市玄武区长江路 292 号的总统府是我国建筑遗存规模最大、保存最完整的近代建筑群，是中国历史上的重要遗址，更是作为六朝古都南京的重要佐证。总统府建筑至今已有 600 多年的历史，它记忆了中国那段历史的风云变幻，从明初德候府到汉王府，到清代设立江宁织造署、两江总督署，再到太平天国定都天京（今南京），并在此基础上扩建为天王府，直至 1912 年 1 月 1 日，孙中山先生在此宣誓就职中华民国大总统，并设为国民政府的总统府，而今是历经几百年风吹雨打后沉淀下来的安详、静谧和庄重的建筑遗址。

而今的总统府经历多次修葺、重建，大致可分为三个区：中区是当年国民政府总统府及所属机构所在地；西区为孙中山临时大总统办公室、秘书处、西花园和参谋本部；东区为当年行政院旧址、马厩和东花园。孙中山的起居室就在西花园的煦园中，总统府内院有孙中山当年办公及起居场所，也有蒋介石当年办公、生活的地方，清乾隆帝的行宫，以及太平天国运动领袖洪秀全居住地。可以说，历史上最多领导人住的地方，除了北京故宫、沈阳故宫外，就是南京总统府了。

就建筑风格来说，南京总统府里的礼堂、办公室以至会议室大都呈现民国时期的风格，也可以看到明清殿堂的宏伟气势，太平天国殿就是其中之一。

总统府里的东西花园，完全是江南园林的格局和韵味，亭台楼阁，小桥流水，这些传统的山水园林，供达官贵人办公之余，到此休憩，是何等宁静、舒适！就是今天，在熙熙攘攘的人流参观溜达，特别在大热天的南京，能暂得歇息，也是难得的地点。

喜欢历史的人，特别对中国近代史有爱好或有特殊情结的人，是很值得到总统府参观一下的，在此可以缅怀中国近代史上诸多伟人的功绩，以及他们的经历和路程。

由于参观南京总统府的人太多，摩肩接踵，很是嘈杂，特别是夏天，天太热，给参观体验大打折扣，建议最好不要节假日去，或许可安静很多。

美龄宫有"远东第一别墅"的美誉，其主体建筑是一座三层重檐山宫殿式建筑，顶覆绿色琉璃瓦，在其房檐的琉璃瓦上雕着1000多只凤凰，整座建筑富丽堂皇，内部装饰奢侈豪华，四周林木茂盛，终年百花飘香。通往美龄宫主楼的道路两旁长满了法国梧桐，人称这环形路为项链，直通大门口，深绿色的琉璃瓦就像项链的宝石挂坠。

美龄宫主楼底层为地下室，门口有警卫室，楼下是会客厅，也是当年宋美龄、蒋介石做礼拜的地方，楼上为卧室、餐室和卫生间。

那天我们参观时人很多，所以参观速度很慢，大家都争先恐后去看蒋、宋的寝室和卫生间，还有摆满餐具的餐室。

我想这参观者当中，绝大部分人是抱着一种好奇心来的，为的是看看这大人物，这总统夫人住的是什么地方，希望见识一下而已，其中许多人参观之后，感受到第一夫人的住所和办公场景很精致，很美，气派大方，显示出女主人不俗的品位。

当然也有不同的想法和理解，在蒋夫人的寝室里，有两个小姑娘，小的十一二岁，大的十四五岁，她们在到处走动，一会儿看看那床，一会儿看看那卫生间，回过头又看一次，二人还在窃窃私语，像是发现了什么秘密一样。我们也在那床边观看，她们走到我们侧边，只听见那小的对大的小声说：

"这床太小了，还没我家的床大。"

大一点的姑娘也说：

"卫生间也很小，我家的卫生间比这大，比这漂亮。"

此时，我觉得很惊异，钦佩这两位小姑娘的眼光和财大气粗，或许现在生活条件好了，社会进步了，许多普通百姓的居家条件比昔日的总统家还好呢！总之两位小姑娘可能没说错，但是她们可能不知道，那紫檀木做的床，不但有药用价值，可消肿、止痛、疗毒，而且味道芬芳清雅，其气味有益心脏、肝脏和肾脏，并且可以使人脑波稳定，平衡情绪，助人入睡，还可以净化肌肤，预防皱纹，这可不是你家大床能比得了的。在佛家眼中，紫檀有驱邪避凶的作用，它象征宁静祥和，能化解戾气，这些都不是床大了就具有的功能，床的好坏、豪华与否不是以大小决定的。

当然也有一些游客，并不太喜欢这美龄宫，在出大门的路上，我就听见有几位青年在议论，一位说非常一般，没啥意思，不值得一看，同行那几位，也颇为同意他的看法，更有位年纪大一点的说，老蒋在的时候看不到，今下台了，跑了，我们可以看了，为什么还要收我 30 元的参观费？说得有点愤愤然。

在参观者当中，大部分人抱着好奇心，看看当年的总统究竟住得啥样？但也可能有个别的人，虽然今天科长还没混上，但常怀有当上个大人物的梦（当总统是没这个可能了），虽然梦想未实现或不一定能实现，就想着先见习一下大人物的起居饮食、办公条件，怎么样？说不定将来真的当上了呢？

正如我们参观许多名人故居一样，不管是否给你惊艳，或给你特别的惊奇，使你感慨万千，它却总能使你感受到那个年代的情怀。

总体来说，美龄宫给人一种中规中矩的感觉，内部的装修是很奢华、大气的，因此被誉为"远东第一别墅"，但在一个房间的介绍中写道："体现了主人节俭的生活态度。"这未免言过其实了，写这词的人，也太不走心了吧！美龄宫的气派、豪华，可不是一般

90

的住宅能比的，说是"主人节俭的生活态度"，似乎给人一种阿谀奉承的感觉，在现实中，你去节俭出一栋这样的别墅来看看？这"远东第一别墅"，不但外观富丽堂皇，而且内部装饰也是奢侈豪华，何以体现"主人节俭的生活态度"？

十六、畅游海天佛国普陀山

2019 年夏天，我们来到我国最大的观音道场——浙江普陀山，梵音和海涛声共同奏鸣着舒柔的乐音，在轻拂着人们的心灵和呼吸。普陀山是浙江舟山群岛中的一个岛屿，面积大约有 13 平方千米，它与山西五台山、四川峨眉山、安徽九华山，并称"中国佛教四大名山"，是观音菩萨的道场。普陀山与舟山群岛的沈家门隔海相望，依其神奇、神显、神秘为特点，素有"海天佛国，南海圣境"之称。

早在 2000 多年前，普陀山即为道人修炼之圣地。千百年来，虽几经兴废，却每每如凤凰浴火，涅槃重生，历经各个朝代，在海内外美名日盛，遂成为"王朝恩赐无双地，四海尊崇第一山"。至民国十三年（1924 年）全山已有三大寺、88 座庵院、128 间茅棚，4000余个僧侣，仅普济寺就有僧众上千，蔚为壮观，被称为震旦第一佛国。2007 年，普陀山被评为中国国家级 5A 旅游景区。

正是慕名这名山佛国，我们从广州乘机到达宁波，下机后即乘网约车经 2.5 个小时到达沈家半升洞码头，再乘船 15 分钟到达普陀山。

一到普陀山，就被满目翠绿的景色所陶醉。这里属于亚热带海洋季风气候，冬暖夏凉，四季分明。岛上植被资源十分丰富，林木茂盛，苍翠欲滴。全岛植被面积达 12972 亩，覆盖率达 70.2%，因此气候宜人，风景秀丽，是夏季度假的好去处。

作为佛教圣地，寺院规模很大，普济寺、法雨寺、慧济寺三大寺规模为最大，其中又以普济寺为第一大寺，其占地 37019 平方米，供奉着观音菩萨，是全国重点寺院。主殿大圆通殿宏大巍峨，有"活大殿"之称，这里是普陀山佛教活动中心，凡是重大佛事均在此举行。普济寺的前身为后梁贞明二年（916年）始建的不肯去观音院，相传咸通四年（863年），日本僧侣慧锷第三次入唐，敬礼五台山，至中台精舍，睹观音像容貌端雅，恳求请归其国，途经普陀莲花洋因为风浪所阻，祷而有应，便在普陀山结庐供养其像，为"不肯去观音院"，即今普济寺。

法雨寺是普陀山第二大寺，创建于明代万历八年（1580年），原名海潮庵，清康熙三十八年（1699年），赐"天花法雨"，后改称"法雨寺"。

慧济寺又称菩萨顶（佛顶山），海拔297.3米，为普陀山最高峰，站在峰巅可尽享普陀山瑰丽的山海景观，山上就是第三大寺慧济寺，前身为慧济庵，由明代僧人慧圆创建，至清乾隆年间扩庵为寺。

千百年来，无数的人们跋山涉水，登山航海，前来普陀山，来到这不足13平方千米的小岛，虽然朝代更换，世间变迁，但都不能改变人们的这种向往和追寻，那么人们向往的是什么呢？追寻的又是什么呢？这一切恐怕是源于人们内心的一份向往，源于心头追求的清静和自在。如今的你我平民百姓，均身处安逸优越的环境之中，可是，内心对安逸、安详、自在都仍在渴望之中；反观古人之安心有道者，不只在安逸时得到解脱，即使身处险境，或者颠沛流离的生活，心中仍有一份自在与逍遥。当然，这并不是说当今人们不愿放下，而是从心里头尚未找寻到能安然放下的诀窍，或许是人们不远千里来到普陀山的一个原因吧！来到这里是想找寻内心的安宁与清静，拂去平日的浮躁和焦虑。

普陀山有不少星级酒店、精品酒店和精品民宿。这次我们入住了以中国首家禅文化为主题的精品度假酒店——普陀山雷迪森庄园，该庄园除了具备五星级服务水准的酒店功能外，还颇具禅文化特征的独特精神气质，庄园外是5棵历经200余年的香樟古木，犹如一对蜡烛，三炷清香，在迎送来自四面八方、前来寻找心灵安宁的人们。在酒店中庭，有棵 800 年的古樟木，也是普陀山第二古木，在其旁边建起的草亭上可供人们在此养心抄经，名曰"毕竟空抄经台"。

雷迪森庄园位于普陀山核心景区，面向莲花洋，其 108 间幽静舒适的客房，皆可拥海涛入眠，楼下餐厅有精致的素宴与特色海鲜菜，任你选择畅享美食。一天晚饭后，我们步入中庭来到那 800 年老樟树的草亭——用草搭建而成的很精致的二层亭台，这就是毕竟空抄经台。登上二楼，只见亭中间摆着一长条桌子和一长方形的椅子，桌子和椅子颇长，椅子坐三人还很宽余，在长桌子的前面摆着一个香炉，上面正燃着两炷清香。我走至桌边，只见桌上有纸、笔、墨砚、印章和熏香，还有经书等一应俱全，我坐下来，并未抄经，眼底下有点幽暗，那是一片茂密的灌丛林木，望远处，点点灯光和闪烁的星星与明月交互在一起，诵经声从楼下的大厅里传来，阵阵微风吹拂着一股清香，渗入鼻腔，使人顿觉心旷神怡，平静而舒适，犹如甘露之于旱地，给人们带来心灵的慰藉，正是："散尽浮云落尽花，到头明月是生涯。天垂六幕千山外，何处清风不旧家？"此情此景此月，正是《华严经》偈语说的"菩萨清凉月，常游毕竟空，众生心境净，菩提月现前"。

800 年古樟旁的抄经亭，给所有追求心灵宁静、希望拥有一颗欢喜心的人提供了一个修身养性、治心、怡静之所，把平日喜于攀比、追求功名的浮躁、烦恼之心收回来，禅学、音乐、茶道、艺术在这里互相交融，使你顿觉心平气爽。平日里的许多欲望、阴暗、烦恼、无奈、无助、失望等，都随风而去，此日感受到那平日里很少有的宁静、安闲，这是心灵的自由，内心的安详和光明。

到了普陀山第二天，参观了普济寺、法雨寺、慧济寺、南海观音道场和洛迦山等名胜。为普陀山独特的海天景色而陶醉，为佛教古刹的鼎盛香火而赞叹！本人已退休多年，那些追求名誉、名次或者功利的年代早已过去，国家给了很高的退休金，有很好的待遇，过着幸福的老年生活。平日里虽然烦恼极少，也没有怨天尤人的大事，但一个人生活在世上，柴米油盐，出外办事，总有一些烦恼事，总有一些不如意的事，来到普陀山，这一切都抛到脑后了，处处见到的是安宁清静的景象，心一下也放开了，仿佛到了另一个世界，来到世外桃源，这一切都使人心情愉悦、心境平和，这或许是这次普陀山之旅的最大收获吧！

这也是人们不远千里，经年不绝梯山航海前来普陀山的内在原因吧！人们在这只有 13 平方千米的小岛上，究竟向往追求的是什么？似乎也有答案，人们在这海天佛国的环境里，微风吹拂着那香火，渗入人们的心灵，曾经忙碌、烦事不断的人们，此刻才享受那难得的真正属于自己的一份安宁与平和。

普陀山，这座佛国圣岛有着与生俱来的深沉与庄严，虽然东海碧波围绕，任海浪风雨肆虐，依旧岿然不动上千年，也将深厚的佛学思想融入这座岛屿的每一寸土地中。

来到普陀山，需要一颗心怀敬畏、不骄不躁的心，虚怀若谷方得心境澄明。

十七、厦门观感

厦门是一座充满文艺和浪漫的城市，它既有大都市的繁华，又有普通小城的安静、自在和从容。当我们到达厦门大学路时，远远就望见达 300 米高的厦门第一高楼——世茂海峡大厦。我们入住这座大厦时，这独特的白色帆船建筑给人印象深刻，令人震撼。这座双子塔建筑，外形像两个巨大的帆船，高 64 层，面海而建，两座高楼，一座为白金五星级酒店和写字楼，另一座则作为 SOHO 办公楼，裙楼则是集购物、休闲、娱乐、餐饮于一体的商业综合体。

宽阔的视野，优美的景色，登上世茂海峡大厦 B 塔 55 楼的观景平台（即"云上厦门"），可将厦门美景揽尽眼底，给人一览众山小的感觉。由于位置绝佳，在"云上厦门"可 360 度观看整座城市，也可穿越湛蓝海面，瞭望隔岸的台湾海峡。"云上厦门"的门票是 120 元/人，1.1 米以下的儿童和 70 岁以上的老人免票。而 38 层的康德莱自助餐厅，环境优美，服务绝对是五星级的，但口味似乎一般，中规中矩的自助。其烤肉自助，则要 348 元/人，对得起五星级的称号了。

第二天，我们走进了世茂海峡大厦旁边的厦门大学，这是中国最美的校园之一。20 世纪几十年间，称这里是加尔各答以东最好的大学，还有称它是"南方之强""海在校中的最美大学"，厦大有 9 景，其中有被厦大人称为"我们的校主"矗立着陈嘉庚铜像的群贤楼，以及有出于鲁迅之手"厦门大学"4 个字的厦大校门，还有著名数学家陈景润在厦大毕业后留校工作纪念地等。另外，厦大水库是一个独特景点，这里清静悠闲，大方端庄，有鱼戏水中，鸭眠波上，空中白鹭相伴，山坡羊群经过，水库中偶有闲人垂钓，更显悠然自得。因为环境绝佳，极适合情侣相约而至，因此又被称为"情人谷"。在此，可望翠峦、观碧水、拂山风，可静思默想宇宙苍穹，是高人隐居山林的好去处。它不像校内的芙蓉湖，有外向性格的成熟品质，它是学生时代的爱情，有着静谧而美丽、纯洁而朴素的具体表征。

从世茂海峡大厦出来到海边，就是厦门环岛路，这是另一种格调的景点。环岛路全程31千米，木栈道约有6千米，这里到处是阳光、沙滩、海风、椰树，你可以在这里尽情享受蓝天、白云和静谧，可以饱览厦门的海景风光。那天，我们从世茂海峡大厦出来，沿环岛路走了几千米，走得累了，我们就坐上22路公交车，也可以欣赏沿途景点，各站随意上下车，无限次乘坐，每人45元。

环岛路沿途有多个景点，如胡里山炮台、椰风寨、国际会展中心、五缘湾等。这是黄金海岸线，又称五色路：蓝色的大海、金色的海滩、绿色的草地、红色的跑道、灰色的公路。环岛路依据现有地貌——海滨、沙滩、历史文脉，从"人、自然、生态"综合理念出发，形成一条原始与现代、开发与保护相结合的生态路，整条路自然清新、品位高雅、美丽大方，2000年，"东环望海"被评为厦门新二十名景之一。其中从厦门大学到前埔一段海岸，长约9千米。桥长超过1千米，如长龙凌波卧海，腾空而起，桥梁造型为鱼腹式，桥墩为椭圆形，形成美丽的观海长廊，人们在上面可以从不同角度、不同层次、不同侧面观赏海岸、沙滩、海浪等景色。

在厦门游了3天，第四天我们到了鼓浪屿。碧海环抱的鼓浪屿，面积只有1.87平方千米。海岸线逶迤，岛上海礁嶙峋，山峦叠翠，峰岩跌宕，大自然的鬼斧神工造就了鼓浪屿秀丽隽永的独特风光。我们住在一间民宿酒店——林氏府。岛上没有公交、的士，都靠步行。其中6千米环岛路有电瓶车代步，但车很少。

日光岩是鼓浪屿的第一景点了，人们说"不登日光岩就不算到厦门"，所以我们首先到该景点参观了。景区奇石叠垒，自然天成，海浪拍岸，树林葱茏，繁花似锦。沿着石级攀登而上，到达山顶，是一块直径40多米的巨石，凌空耸立，成为厦门的象征。民族英雄郑成功收复台湾时，曾屯兵于此，留下许多动人的传说。历代文人石刻题咏甚多，为这些奇岩名石增添古风异彩。在顶峰，鼓浪屿全岛、厦门、大担、小担尽收眼底。日光岩旁边有一琴园，通过缆车相连，琴园以现代游乐项目为主，有"百岛园""电影院""英雄园"等，与日光岩自然景观形成动与静、今与古的有机结合。

而位于鼓浪屿东部海滨的皓月园，则是以郑成功巨型铜雕而著名。该园占地3万平方米，是一处以沙滩、岩石、绿树、亭阁而展布的庭园。皓月园始建于1985年，以《延年二五集》中"思群寝不寐，皓月透素帷"的诗句取名"皓月园"。园内有长13.7米、高4.7米，耗铜18吨的一座郑成功及其部将的巨型铜雕群像。园内更为突出的是矗立在覆鼎岩上的郑成功巨型花岗岩雕像，这座巨像于1985年8月27日落成，高15.7米，重1617吨，由23层625块泉州白花岗岩精雕而成，十分威武、壮观。

鼓浪屿又称钢琴岛，音乐之乡，在1万多人的小岛上有钢琴700台左右，据说是世界上钢琴密度最高的地方。在菽庄花园的听涛轩有鼓浪屿的钢琴博物馆，它占地450平方米，分上下两层，博物馆里陈列了爱国华侨胡友义收藏的40多架古钢琴，有稀世名贵的镏金钢琴，有世界最早的四角钢琴，有世界最早最大的立式钢琴，有古老的手摇钢琴，还有100年前的脚踏自动演奏钢琴和8个脚踏板的古钢琴等。胡友义是出生于鼓浪屿的澳大利亚钢琴家，另外还有出生于鼓浪屿的中央乐团旅美钢琴家许斐平，岛内还有著名钢琴家殷承宗的故宅。自19世纪中叶起，随着基督教的传播，西方音乐开始涌进鼓浪屿，与鼓浪屿的优雅人文环境相融合，造就了今日鼓浪屿的音乐传统，培养了周淑安、林俊卿、殷承宗、陈佐煌、许斐平等一大批杰出的音乐家。如今岛内有100多个音乐世家。2002年，鼓浪屿被中国音乐家协会命名为"音乐之岛"。

鼓浪屿另一值得观赏的景点是菽庄花园，它位于鼓浪屿南端，背倚日光岩，面向大海，原是一处私人别墅，1955年献作公园。该园的特点是利用地形巧妙布局，整个园设藏海园和补山园，各个景点错落有序，园在海上，海在园中，既有江南庭院的精巧雅致，又有海鸥飞翔的雄浑壮观，动静结合，相得益彰。园内有四十四桥、十二洞天等景点，亭台楼阁，十分雅致。其四十四桥，实际是由44段连成的一条观海桥，中间有块大石头，大石上还顶着一个巨石，像是飞来之石。站在听潮楼上，可观看那海涛潮涨潮落，似乎听到那汹涌的涛声。

鼓浪屿是2007年被批准为5A旅游景区，还被《中国国家地理》杂志评选为"中国最美五大城区"之首，素有"海上花园"的美称，是值得去旅游、赏玩的地方。

第三篇　生活篇

一个人生活在阡陌之中，不管路途平坦，还是翻山越岭，或者涉水乘舟，都不必让自己背负压力太大。应在人生的路途中，淡淡地听风，静静地赏雨。生活中的得失不必看得太重，得之我福，失之天意。今天的一些失去，明天可能再会拥有，不要因为一时的坎坷或暴风雨，就怨天尤人、耿耿于怀，或一蹶不振。何必呢？

本篇记录的都是日常生活中亲历过、见到过或听说过的琐事，记录下来，一是作为自勉，感悟人生的有趣与艰难；二是与朋友共享，笑笑而已。一个人的生命太过短促，不要过于在意过去的得失，或遗憾昔时的不足，心若简单纯净，则一切都会变得云淡风轻。

一、人间最美是简单

人活在世上，总得维持健康和生存，不得不追求所需要的物质，但在这五光十色的世界里，细想起来，一个人需要的物质并不多，物质太多，就是奢侈品了，精神上并不一定能得到快乐，一个古老的真理是：活得简单才能自由，简单了才容易幸福。

当今社会，人活得越来越复杂了，一些人虽然看起来很享受，但过得并不幸福。因为人的欲望是无限的，使得许多人对物质的追求或精神上的需求变得毫无止境，这样他的欲望永远得不到满足，也就永远得不到幸福。所以一个人要把自己的幸福底线放低些，腰缠万贯的富翁，他就一定比那刚取得温饱的农民或街头小摊小贩幸福吗？不一定，许多人贪得无厌，欲望太大，当他的目标达不到时，就会产生怨气而痛苦或绝望，也就谈不上幸福了。

在杭州灵隐寺中，有这样一副对联："人生哪能多如意，万事只求半称心。"它语言朴素直白，说明一个人只有限制欲望，才是获得幸福的前提条件。在日常生活中，我们常常会祝福某人万事如意，其实这只是人们的一种美好愿望而已。人生不如意十之八九，世上的事情不可能十全十美。作家杨绛说："得到爱情未必拥有金钱，获得了金钱未必拥有快乐，拥有快乐又未必能享受到健康，即便是拥有健康，也未必一切如愿以偿。"

这就是说，世上的事情不可能都万事如意，事事完美。有了"半称心"的心态才能知足常乐。自然舒适地生活，去掉贪婪和恐惧，爱和幸福才会呈现在你眼前，不要去追求太高、太过的物质享受，你才能生活得舒适和快乐。美国作家梭罗在瓦尔登湖畔的小木屋中度过了两年多的简朴生活，最后悟出了一个道理："如果一个人能满足于基本生活所需，其实便可以从容及充实地享受人生。"这是"半称心"的真实写照，能过"半称心"的生活，是人生做到豁达和智慧的表现。一个人只有放弃无用的追求，做着也享受着自己喜欢做的事，这样才能获得内心的安定与从容，真正享受到舒适和快乐的生活。

那么，什么是幸福呢？可能每个人给出的答案都不同，如果用一句话来概括，幸福就是简单的生活方式加上内心的愉悦。一个人过着内心自由、心行和谐，干着自己喜欢的事情，那就是幸福。事实上，所谓幸福是一种心理感受，是一种心理状态，是灵魂的愉悦，它使你享受着满足感，能自我认同，有着放松的心态以及和谐的人际关系。所以，幸福是与欲望成反比的，一个人如果欲望越高、名利越重，自己的期望值往往与现实距离越大，于是痛苦就降临了。因此，一个人在现实中应该把欲望放小一点，这样离目标就近一点。每时每刻每天都会感到幸福，每时每刻都与你相伴相随，志得意满。

所以必须要有正确的金钱观。不可否认，金钱在我们的生活中是不可或缺的东西，它是人们生存的必需，金钱可以换来物质，满足人们对物质生活的需求，给人们带来物质享受，金钱甚至可以换来社会地位，使拥有者得到尊重，但是金钱不是万能的，正如美国石油大亨洛克菲勒给儿子的家书中说的："金钱仅是万物的外表，而非核心，钱可买到食物，却买不到好胃口；钱可以买到药，却买不到健康；钱可以买到相识，却买不到好朋友；钱可以买到享乐，却买不到幸福与安宁。"

一个人有了正确的金钱观，有助于在这五光十色的世界里，懂得该做什么、不该做什么，就会明白，作为社会一分子，有取也要有舍，才会如释重负，轻松前行，使自己生活得有意义。事实上，金钱在人生中不是最重要的，因此，在你暴富或基本满足个人生活所需的时候，要懂得与人共享，慷慨大方一些，也可以用一部分金钱去帮助他人做些有意义的事情，帮助他们摆脱贫困，不要计较回报，这时你的内心就会觉得无比的自由和愉悦。你这样做了，就变成一个助人为乐的人，一个心灵高尚的人。人家会用同样的善意或机会回报你。这样，一个助人为乐、乐善好施的人，在社会上是受人尊敬的人。你的慷慨，虽然使你流失了一部分金钱，但却点燃了与人分享的快乐的火苗，得到了内心的欢愉，也使大家从中有所受益。一个守财奴是无法体会到其中的愉悦的，一个守财奴往往是贪得无厌的。在我们乡下，老乡抓鸡时，往往在大笼子里放些饲料，当鸡进去抢食时，拉下绳子就可以关门捉鸡了。又比如一位老婆婆总希望能够在跑进笼子里的鸡达到最多时拉下绳子，但是往往事与愿违，那鸡进进出出，数量多来少去，她在鸡笼子外面徘徊纠结了半天，不断痛悔懊恼。你看，老太婆这时的心情与守财奴的心情是不是很相似？这便是守财奴赚钱存钱的心态特征。

纵使守财奴很有钱了，但其内心仍是贫穷的，此时他的内心被金钱压得喘不过气来，无法安安稳稳地过日子，因此，万贯家财不能保证你享受到最大的快乐。人们说，守财奴只有在清点财产时露出一点欣喜，或者挥霍财产时瞬间痛快。洛克菲勒曾教导儿子说："有多少钱并不重要，重要的是怎么运用它。"

因此，在现代社会中，尤其是青年朋友，不该把金钱看得太重，它只不过是物物交换的一种媒介，通过它可以实现公众认可的抽象交易。应该把幸福的底线放低些，要求简单一些，做个"万事只求半称心"的人，才能享受到这灵魂的愉快，享受真正属于自己的幸福，这才是幸福的真谛。

以前我们村里有一位大娘，生性快乐，做事都很容易满足，今天从地里收获了两大箩筐番薯，她就笑得合不拢嘴，还会拿上两三个送给邻居，当人家称赞她的番薯很好吃时，她又会高兴好一会儿。每当儿媳妇送个小礼物给她时，她会拿上它，到街坊们闲坐的大树下，与众乡亲们共同鉴赏一番，嘴里还不时念念着，"很贵的，我是舍不得买的，这是儿媳买的"。家门口种的两棵桃树，每年桃子收获的时节，许多邻居小孩会来到桃树下，等待大娘出来摘桃子，大娘出来看到三三两两的小孩，会乐呵呵地拿起竹竿去敲桃子，这时，孩子们更是乐得蹦跳起来，赶快抢桃子。

大娘就是这样一个生性快乐、简单的人。

二、家贫思贤妻

受高中老同学的邀请，第二次来到他那位于广州郊区嘉和望岗的果园玩、吃水果。果园不大，是几年前老同学家人承包下来的两面平缓的山坡，但果树比去年多了，有桃树、三华李树、柚子树，等等，今年柚子树也结了，快到中秋了，老同学从家乡引进的柚子树上正挂满了果，黄澄澄的，散发出诱人的芬芳。

老同学姓黄，高中时成绩挺好的，经常受到老师的表扬，高考时可能失手，考到农学院的植保专业，毕业后派到广州郊区当农技站的技术员，后来升为站长。10年前，他退职自己创业，与同在农技站的妻子来到这里种果园，后来儿子接了班，继续种植果园。

我望着满脸黝黑，头发已花白的老同学说：

"这下更像个老农了，还好吧？"

"本来就是个农民嘛，哪像你们书生白脸，你看我的双手，多粗糙！现在当然不用干重活，但有十几个工人，每天需要安排工种、检查、督促，事情还是很多的，两面山，走一遍也要半天时间，整天风吹日晒，不是农民是什么？"

"收入还好吧？要讲真话。"

"今年除了成本，可能有二三十万赚吧！比起老同学高官厚禄，就差远了。"

"你说我高官厚禄？什么官？"

"不当官，有厚禄就可以了。"

本来是高中好友，今又见面，闲话特多。

我们采摘了两大筐柚子，回到山下小镇的老黄家里。老黄妻子已在厨房忙碌，自己养的鸡已杀好，放在砧板上，我们在大厅坐下，喝着本地的绿茶，聊着这儿的种种新鲜事。老黄已是果树的专家了，他讲述起引进种植沙田柚的过程，以及桃李嫁接，使一棵树上同时结出桃子和三华李的趣事。

此时，进来一位30多岁的男子，我定神一看，啊，是安儿，老黄的侄儿，我们赶快招呼他坐下。

安儿看起来很是颓丧，我们几年前就认识，而且一起吃过饭，因此我问他："今天怎么有空？"他只简单地说："星期天，不用上班。"简单聊过几句后，他就告辞了。他住的地方跟老黄家很近，不过100多米，刚才是过来老黄家借个锯子，说是修理一张桌子。

他走后，老黄很郑重地说：

"他老婆走了，得的是乳腺癌，花了不少钱，病又没医好，真是人财两空。"

安儿本来有个幸福的家庭，他本人也有一手很好的建筑功夫，虽然小时候没读很多书，但十六七岁就跟人学做水泥，加上身体好，又勤奋，28岁已是老黄家乡闻名的建筑师傅了。老黄正是看中了他的人品和手艺，加上这里位于广州郊区，有许多工厂、仓库要建设，因此把他介绍到这里接建筑活，在这里有7年多了，并在这里结了婚，已有一个4岁多的男孩子。

这些年，安儿在这附近工地上班，基本是早出晚归，每月也有五六千元，他妻子原是当地农村的女孩子，嫁给他后，勤劳能干，把家里的事情料理得井井有条，每天早上7点前她就做好早餐，给安儿吃了上工去，年前儿子上幼儿园了，她用单车每天送小孩到镇里幼儿园，骑单车一趟也要15分钟左右。她还利用空闲到镇里做过钟点工，主要是打扫卫生，或给顾主买菜煮午饭；也曾经做过上半天班的照顾老人或带小孩的工作，这样她一个月也可以挣个两千元左右。下午4点，她就骑着单车接小孩回家了，然后做饭、搞卫生，等待安儿下午6点钟回来吃饭。这样的家庭是幸福的，安儿一星期休息一天，其他时间几乎每天都是早出晚归，家中的一切都是妻子操办好了的。由于妻子持家有方，结婚 5 年多，家中也略有积蓄，前年，我们吃饭时，我还曾跟安儿开玩笑：

"安儿，有个贤惠能干的女主人，将来在这里买套房吧！"

安儿没有正面回答，只是笑笑说："哪里有这本事，再过几年看看吧！"

可以看出，那时的安儿心里是乐滋滋的，他知道，再过几年搞个首付应该没有问题。

可是，天有不测风云，他妻子身体好好的，怎么就会患上绝症了呢？不到一年的时间，人就走了，而且在这期间里，住院、化疗、放疗、吃药花去了所有积蓄，并且向亲戚朋友借了 10 多万元。

"我侄儿真是惨，他妻子病时，我也支持了他一点钱，你知道，我儿子现在正在创业时期，也不能有太多的支持。"老黄的心情很沉重，也很无奈，"现在他很辛苦，小孩正在读中班幼儿园，不要说钱，每天接送就不知如何是好，安儿做的这个活，不上班没钱，迟到早退也扣钱，而且根本就不能迟到早退。所以这段时间，就由我老婆帮他每天接送小孩。过去，安儿回来，热菜热饭等着他，如今菜没人买，饭没人煮，卫生没有人搞，还要料理小孩子早、晚饭……现在安儿家里真是一塌糊涂。你看他本来是很强壮的男子汉，而今变得像老头儿一样。"

这正是，国难思良将，家贫思贤妻。而今安儿面对这支离破碎的家庭而寝食难安，脑海里不断浮现那温馨、幸福的三口之家，以及妻子那不急不恼、始终展现着微笑的脸庞。每当忆起妻子的勤奋、能干，一心一意照料着孩子和自己的情景，安儿不禁泪流满脸；每当看到自己东奔西跑而忙，照料不到孩子，料理不了家庭时，越发思念妻子在时的岁月；每当手头拮据，入不敷出时，就会想起妻子像一个理财能手，把家中一切计划得那样井然有序的日子。

人往往是这样，在平平淡淡过日子时，并不觉得有什么值得特殊怀念或记忆的东西，可一旦失去才会觉得难舍，留恋的事情原来那么多。从小在父母身边，受到百般呵护、百般宠爱，觉得一切都很自然、很应该，甚至许多时候会嫌弃老人家啰唆，跟不上潮流，可当你踏上征途、走向远方时，才会觉得，有父母在身边的唠叨是多么幸福！

许多人在学校学习或从师学艺，对于老师、师父的谆谆教诲，或一丝不苟的要求往往产生抵触情绪，总认为老师或师父太啰唆、没水平。可是当你离开学校、告别师父，走上工作岗位才会体会到老师、师父的一片苦心。甚至在同学之间也是一样，在校时经常打闹、做恶作剧、起花名、说怪话，许多时候会说"讨厌死了"，等到离校若干年后，又想起那时的好，想念那时的纯真无邪，想念那真挚的同窗之情。此时，是多么希望某人召集一个同学会，约上大家见个面，似乎有许多话要跟老同学谈，有许多事情要告诉老同学。

人就是这样，过去了，才会相信那些年的人、那些年的事，才会怀念过去、留恋过去，甚至还常听人这样说"那时我不该这样，我应该那样"，永远有悔不当初的感觉。

因此，为了不给以后留下遗憾，为了将来不给自己留下不忠、不孝、不理智、不知感恩的悔恨，我想唯一的办法是：珍惜当下！只有珍惜当下，爱惜每一天，爱你身边的人，热爱你的工作，才不会给将来留下遗憾！

三、其实，谁都不容易

一个人并不是天生下来就是风平浪静，过着岁月静好的日子的。你看人家开着宝马、奔驰，出入高档酒店，或者坐在优雅的咖啡馆里喝着咖啡，那简直是神仙似的生活，或者某同事辞职下海以来，经营着自己的饭店，风生水起，目前已发展到三家了，自由自在，让人羡慕。但是，你所看到的可能是显性的生活，那只是真实生活的一面，另一面你可能不知道，在你躺在沙发上休息，或者坐在那里看电视的时候，人家或许正在那里殚精竭虑，想着明天会是怎么样。有时为了一个方案，一个想法的实现可能要思虑几天，度过多少个不眠之夜。就如那饭店老板，不正是因为这几年起早贪黑采购食材、培训员工，从食品质量到环境卫生，几乎是亲力亲为，才有了今天的规模吗？

我有一位朋友在高校任教，才四十出头，已于去年升上正教授了，你看他意气风发，手头有几个国家级、省级的基金项目，已带了硕士生多年，现在博士导师也批下来了，明年就要带博士生了，似乎是一路顺畅，没有什么坎坷和忧虑，可背后的付出我们知道多少？有一次聚会上，他坐在我旁边，谈起这些年，他叹着气说：真不容易。此时，我颇有同感，他出身于一个贫寒的农家，读研究生三年，每年寒暑假都要回家去帮父亲干农活：暑假是帮收稻子、翻地，整个暑假忙得团团转，到下学期开学时回到学校，同学们都说他晒得像个非洲黑人，头上、脸上掉下一层层的皮。研究生毕业后留在学校，那时为了学好英语，他每天在工作之余复习英语，每天早上7点不到就到了单位的天台上，大声朗读英语，那时单位上班要考核签到，他8点整就从天台准时下到六楼办公室上班。正因为他的坚持不懈，在选拔出国留学人员时，由于他的外语好，优先得到推荐出去留学。在出国前几年，由于小孩上幼儿园，妻子是小学老师，很难抽出时间来管家务，因此他主动承担了一切家务，利用下班时间买菜、煮饭，教育小孩也落在他的肩上，因此同事们都称赞他是"模范丈夫"。可以说，那时他过得一点儿也不容易，不过正是那过去的辛苦、不容易才换来了今天的一切荣誉和风光。

许多年轻人觉得自己在单位压力大，每天都有干不完的工作，再看一同出来工作的朋友已升上副教授了，还有比自己仅仅早两年出来的也已经升上部门经理了，因此不免会产生失落感，似乎自己总有许多不如意，有许多的挫折和困难，为什么人家会那么顺畅？其实，你仔细看看周围，多多了解别人的另一面，或许你便可以知道，人家也是经历了许多的不容易，但是他坚持下来了，才有了今天的辉煌。同时作为后进者，也要有一个豁达和淡定的心情，给自己以自信克服眼前的困难，相信"哥是熬得过去的"。升职了，或谈成了一笔大生意，或是你开的咖啡馆终于盈利了，那时你会觉得自己也很不错，在别人眼中，你也是顺风顺水的人。

中年人也不容易。人到中年，上有老，下有小，房子还没有买下来；或者买上了，按揭还没有还完；目前还在拼命准备申请高级职称，因此，不得不在人家休息、玩乐的时候，抽时间提高一下自己。真是满身疲惫，孩子也快到高考的时候，有着卸不下的压力，总希望什么时候能停下来歇歇，真羡慕隔壁邻居郑叔叔才六十出头就退休了，满面春风，时常在小区的后花园打打太极拳，多么潇洒，多么安闲。

可是你误解了郑叔叔，人家也不容易，他说："退休了，不愁吃，不愁穿，但是有做不完的家务事，一日三餐买菜做饭，下午还要从幼儿园接孙女回家，有时还要帮老伴搞搞卫生，退休后虽然没有提职称、升工资的压力了，可家务事也是压力呀！"是的，郑叔叔的儿子、儿媳上班都比较远，每天都要赶着时间上班，下班回来已是晚上六七点钟了，哪有时间料理家务！因此家中一切都交付郑叔叔及老伴去管了,你看他在后花园悠闲地打太极拳,那是人家在送孙女上幼儿园后,抽空活动一下筋骨。因此,人家也过得不容易。

所以,一个人什么时候才能安闲下来,静静地享受这大好时光?我想,很难找到这样的时光。但是,有一次的体会,却让人难忘!记得前些年因病住院检查,是住在广州沿江路的中山二院的五楼上。在一排病房的前面有一条长长的走廊,平时许多病号会坐在这里的椅子上闲话聊天,从楼上的窗户向下望去,大街上是车水马龙、熙熙攘攘的人流世界,似乎没有一个人闲下来,或停下脚步,这时,只有你坐在这楼上,静静地、默默地看着这喧闹的景象,此时会觉得这是一种福分,能享受这岁月静好的日子,过着这云淡风轻的时光,是多么惬意和幸福。

但是,仔细想起来,这种福分、幸福,是你需要的吗?是你希望得到的吗?谁都不希望在病房里的安闲和"福分"。

因此,说起来,每个人都过得不容易,都似乎经历过许多艰难曲折,闯过人生的许许多多坎坷,走了过来,平时说起来,都有诉不完的苦衷,但仔细想来,与几十年前相比,又是天壤之别,现在生活太好了,吃饱了,穿暖了,还玩手机、电脑,或者出去走走,周游世界。你看,许多年轻人,生活有滋有味,每天看不完的手机,有回不完的信息,晒不完的照片,今天与朋友吃碗牛腩面,也要上传到朋友圈。你看那位叔叔,出国旅游,来到莫斯科,得以进到克里姆林宫,那种高兴劲儿,只能用手舞足蹈来形容,走在大街上,东指西指,照了许多照片,赶快上传出去,似乎要让普京也知道,他到了俄罗斯。不少的老年人也不时在朋友圈里晒晒儿孙的照片,还不时自顾自地考上几句。这时,把一切的不容易、一切的烦恼,都抛至九霄云外了,这正说明,过去的许多不容易,才换来了今天的安闲、舒适和快乐。

当然,正因为每个人都是不容易,都经过各自路途中的许多不如意,或许多的难言之痛,因此我们大可不必见人就说自己如何不容易走过来的。许多人并不喜欢你太过地炫耀自己,不要一说自己的过去，就像讲英雄故事一样，给人以王婆卖瓜之嫌。特别是老年人，饱经沧桑，阅人无数，说起过去，三天三夜也说不完，说多了反而被子孙们嫌弃；至于年轻人，也有自己的经历，不要一说过去，就满口"曾经沧海"，这种少年老成，也是一种另类的炫耀。当然，对于年龄大的人，由于饱经世故，思虑多多，他背负自己经验的包袱，经历长途跋涉，既疲惫又有点自豪，总喜欢在别人面前唠叨几句，此时作为年轻人，尽管听听，相不相信也无所谓，但千万不要讥讽。这样，彼此曾经的过去、曾经的不容易，就不会成为产生代沟的原因了。

四、家乡那条河

记得家乡有一条小河，家乡人叫它为溪，是从很远的山沟里流出来的，弯弯曲曲，溪很小，宽的地方有五六十米，窄的地方只有二三十米，河水清澈，我们村就在河边，背河而建，到河边仅有百来米。小时候，在大人带领下穿过稻田的田埂，就是沿着一条带状的林带，高大的乔木，遮天蔽日，我们踏着从树上掉下已干枯的树叶，脚下沙沙作响，然后爬上用石头砌起来的河堤，就可以望到对岸那一大片沙石滩。河对岸是没有堤坝的，可能地势比我们这边高，因此过了河就是沙石河滩，再往前走去，就有灌木，还有野草丛生的荒滩低丘。

河水并不深，一般都在半米左右，到了转弯时，在弯角地方就会形成二三米深的深潭。记得小时候，大概小学二三年级吧，夏天中午回家吃过饭后，就会三五成群来到河边游水。在深水潭的岸边有一棵大树，树干向河里斜着伸展出去，这形成了天然的跳台跳板，我们就爬上树，再爬到树枝处，从上面跳下去，离水面三四米高吧，水花四溅，喝彩声一片。有时二三十个小学生在玩，大家就争先恐后爬上树往下跳，有些心急地催着前面：快点！快点！或者跟在后面看到前头动作慢，会毫不客气地把他从树上推下去，自己也跟着跳下去。可惜那时还没有全国跳水锦标赛，有的话可能这里面会出现几位全国的跳水冠军，或奥运会跳台跳水冠军，那孙淑伟就可能不是我国第一枚奥运跳水金牌获得者了。

这小河河底是由沙子和小石头组成，不像其他小河底部是淤泥，因此我家乡的小河中水清而且透心凉，可能因为它是从山沟里流出来的水吧！因此在小石头底下往往有小鱼小虾，我们小学生也会去摸鱼虾，放假的时候，半天也能摸到 1 斤左右的小鱼虾。摸虾是有讲究的，在浅水处，两只手要一前一后，前面的手把河底石头掀开，河虾就会向后退，你另一只手张开手掌就在后面等着，等虾退到手上，一抓就是一只。抓虾容易些，小鱼就没那么容易了，它见你手一来就四处乱窜，因此不容易抓到，不像虾只知后退。

　　这小河还为沿岸各村提供了农业灌溉水源，因此沿河有很多村庄，种植的水稻、甘蔗、蔬菜等农作物灌溉用水都是靠这条小河，所以它名副其实是我们的母亲河，它滋润、孕育着成千上万的村民。

　　由于是山涧来水的河流，因此也必会在特大山洪暴发时，带来大洪水，引起水灾。曾经有一年，由于大洪水，河水漫上对面的灌木林，特别是我们这边的河岸也塌了一段，后来全村紧急动员，男女青年齐上阵，抬石头，找沙包，花了九牛二虎之力才把缺口堵了，保住了大堤。在我们村的北端，从小河里引出一支流，这支流很小，宽不过二三米，水满的时候有一米多深，水少的时候也有二三十厘米深。它从小河引出来，沿着我们村边流动，我们村不小，有 3000 多人口，村子沿河建筑有三四千米长。这小支流就流经全村，村民在此洗衣服、洗菜，还有小孩子常常在此玩水。

　　这小支流完全是人工建成的，它是在小河中，用石头还有沙子叠起来的一道小拦水堤。小水堤把水拦起来，在河中形成一个小水库，水大了就会从石头砌起来的小堤漫过流向下游，由于水位提高了，一部分河水就从旁边开出的小支流流去，形成我们村的小河涌。这小水堤是大石头叠起来的，大石中间填一些小石头、沙子，一部分水仍会从沙石缝里流向下游，它是起着抬高水位的作用。这是农民的一个很聪明、很有智慧的作品。既拦水又不堵死，每年都要对这小水堤进行修理、重建，因为由于洪水冲刷，日子久了就会损坏小堤，所以每年冬季，小河水浅一点的时候，就要动员全村的青壮年去修理，这完全是自愿的。这时一大早，就会有人敲起铜锣，从上村走到下村，一边敲一边大声喊"修堤坝，修堤坝"，青壮年男子吃完早餐就会到每年指定的地点，带上铁铲、铁锹等工具进行修建。

有了小涌的水，村民可方便了。在每个村小组的小涌，都有一段 10 多米的洗衣服的石板，这些是在小涌一侧用二三十厘米宽的石头砌出来的，石头向上一侧是平的，这样一块石头就相当于今天的一个洗衣板，每天早上八九点钟，妇女们就用木桶拿着盛了昨天换下的衣服，来到洗衣地点，一人占据一块石头，蹲着洗衣服。洗流水就是很好的漂洗，因此每天早上你都可以看到，在各个村小组对应的小涌边，都有 10 多人一字排开在洗衣，一边洗衣，一边家长里短地聊天，衣服也就在不知不觉中洗好了。

除了洗衣服外，村民们也在这里洗菜，这里有个有不成文的规矩，就是洗菜一定是在这个村小组洗衣场地的上游位置，但凡有人拿菜来洗时，在最上游的洗衣妇人就会站起来，把位置让给洗菜的人。因为水是往下游流去的，这样就不会用洗衣的水来洗菜了，这似乎是很讲究卫生了。当然小涌上游有第一个村民洗衣点，那第二个村民洗衣点就是下游了，其洗菜的水也是上游流下的呀！但也不管那么多了，反正两个村民小组的洗衣场地之间最小距离也有一二百米，洗衣水也自净了吧，水流三尺无毒，或者叫作流水不腐吧！

除了洗衣洗菜外，这小河涌的水还可用于灌溉。除此之外，小孩子还会经常到水里玩儿，夏天有些五六岁的小孩子到此，打水仗，这又派上另一个用处。

家乡的小河以及它的小支流，给我带来许多美好的回忆，忆起儿时爬上树向下跳水的高兴劲儿，以及摸虾的有趣事。那时摸到的虾都是用竹枝串着，放在火堆里烤了吃的，现在想起仍然觉得有虾的香味，流口水呢！

前年的春节，回了趟老家，此时的故乡，不说跟儿时的故乡比，甚至与 6 年前回家见到的情景相比，已经是天壤之别了：老屋破败了许多，小河边的树林也变得稀疏凋零，特别是那儿时挚爱的小河已没有了。听乡亲们说，几年前小河就干涸了，甚至夏天也没什么水了，河床露了底，逐渐地与对面的荒滩连在一起，成了一片干涸的沙石堆，那用石头砌起来的河堤也崩塌而逐渐移平了。前年冬天开始，村里就筹划着要把整个河床位置与原来的荒滩，绵延四五千米，几百亩的面积作价卖出，如今本村的一位企业家购得，准备做房地产开发，主要是建厂房、做仓库和办工厂。或许好些村民要变工人了。

这小河为什么干涸了？谁也不知道是什么原因，村民们只知道，河水一年年减少，最后干了，当然它的支流，供水给村民洗菜、洗衣的小河涌也没有了，已经填平作为乡道了。如今村里不但房子破旧，而且村里大部分青壮年都外出深圳、广州打工了，很多人在外是赚了钱的，就如购买河滩地的企业老板一样。老房子很少人住了，大多搬到村前公路边建起了新房子，儿时读书的小学也搬走了，真是沧海桑田。二三十年的变化，已很难见到儿时故乡的痕迹了。

晋代葛洪的《神仙寺》中记载有一个叫麻姑的仙女，说自从她当仙女以来，已见到东海有三次变为桑田了，因此有"沧海桑田"之说。我曾想这麻姑肯定是吹牛皮的了，东海之大，谈何容易三变桑田？但今次回故乡所见，似乎见证了真实的沧海桑田，绵延几十公里，宽有三四十米的小河怎么就变成厂房、仓库了，这不是沧海桑田吗？

五、一言难尽的同学会

（一）和谐纯真同学会

人的一生会经历小学、初中、高中，许多人还会上大学，因此就有了各个阶段的同学。这"同学"二字往往使人难以忘怀，心里总在惦念着前世的债，分别一段时间，心里总在惦念着，在朋友圈、同学群里，彼此问候一声，或者遇上节假日，或对方生日，送上一句祝福，就会倍感温暖。时间长了，就会想到大家应该见上一面，为的是相聚在一起，怀念那过去的岁月。

每当适当的时候，如果有人打个电话、发个微信，号召在某地召开同学会，此时，不管天南地北，不管你混得光鲜艳丽还是一塌糊涂，不管你官大官小，或是一个平民百姓，都会收拾行李，乘飞机，坐高铁或乘大巴，赶到集合地点。大家见上一面，一声"老同学"，就会感到十分亲切以至热泪盈眶。此时，不管海鲜大肉，或者素菜小汤，坐在一起搂着臂膀，说着那些睡上下铺的往事，或者互相揭发过去的一桩桩糗事，都感到十分亲切和温馨。

同学，是彼此最为信任的人，是最值得依靠的人，过去许多不敢说或不愿说的话，也会在同学会上和盘托出。已届不惑之年的柯明同学，说起前段时间初中同学会，仍然眉飞色舞，他说："同学会是最真挚、最纯真的兄弟姐妹聚会，大家都敞开心扉，说出过去埋藏在心底没有说出来的话。虽然距初中毕业已 20 多年了，但许许多多的生活，仍然记忆犹新。"他说当年有一次班会上，轮到他值日打扫卫生时，因为偷懒与邻桌的男同学打闹，被班主任批评了，他因此怀疑是当生活委员的女同学张莹洁告的状，因此那天下午最后一节课下课后，他看到张莹洁走到排球场边，正要向宿舍走去，他追上去厉声问道："张莹洁，你这婆娘，是你告的鸟状？"而后，两个人在路边吵了起来，引起正下课的许多同学停下来看热闹，有的拍手助威，有的大声喊叫，唯恐天下不乱。此后两个人形同陌路，互相见面也不打招呼。柯明说，那次还好，路上都是其他班的同学，如果本班同学看到了，再去告一状，那我肯定再次被重罚无疑。

今天，张莹洁也来了，是毕业20多年来的第一次见面，柯明想当年是自己不对，年少气盛，加上当时正在看《水浒传》，因此，骂人的用词也是从那书上学来的，想到此，他端起茶杯，走到张莹洁的那张桌边，真情地说：

"张莹洁同学，对不起，当年得罪了！请原谅那时的鲁莽和无知。"

张莹洁措手不及，忙说："哪里，哪里，我都忘了，你还记着呢！"

他们互相敬上一杯茶，有同学大声说："拥抱一下，拥抱一下！"

同学们热闹起来，一边拍手一边喊着："拥抱，拥抱！"

没办法，柯明、张莹洁只得放下茶杯，勉强抱了一下，算是平息了这热烈的掌声。

真的多年不见，今天大家能坐在一起嘘寒问暖，聊家常，讲儿女，当然也会讲起当年的糗事、怪事，使人觉得温馨。杨戈一还特地从惠州带来一大罐客家酿酒，每人一大杯，这酒是土法酿造的，酒香浓郁，而且有点甜，半杯落肚，已是倍觉清爽。这时原来的班级文娱委员陈松林说道："各位同学，今天难得在此聚会，大家又喝了杨戈一的好酒，应该唱首歌吧！我这个当年的文娱委员，来献个丑吧，我来指挥。"

大家一致附和着，又经简单商议，集体唱了《我的祖国》。这首优美而富有节奏感的歌，在大家铿锵有力、深情的演唱下，十分动听，使人倍感亲切和充满力量。有人甚至站起来，跟陈松林一起指挥着，有的站在那里和着节奏，拍着手掌，热烈而欢快。

歌罢，有人提议道："现在有请我们的文娱委员陈松林独唱一首好不好？"

"好！"大家来了个热烈的掌声。

于是，陈松林先谦虚了两句，然后清清嗓子，说道："那就唱一首流行歌曲《春暖花开回故乡》吧，它道出了游子回乡的心情。"歌词是：

春暖花开了绿绿山岗，飘来了阵阵土香，脚步匆匆过山脊梁，心在回家的路上，梦故园向东望秀丽山庄，桃花香杏花也香，楼笛一曲吹得悠扬，心在回家的路上，缕缕炊烟老井水香，一壶酒醇一碗粗粮，从此陪在爹娘的身旁……

深情而富感染力的一首回故乡之歌，让在座者听得陶醉，特别是在外地奔波劳碌的游子，平时过的是聚少离多的日子，更觉得这首歌好听。还有在这春暖花开的时候，更勾起那亲情无限回乡的路哇！

聚会从下午 6 点开始，现已夜深了，主持人宣布结束时，大家都依依不舍，互相拍拍肩膀、握握手，只能道一声："再见，我们明年再相聚！"

这种同学会，可以说，是一个和谐、纯真的老同学聚会。

（二）同学聚会的"八不"

有些同学会，可不是那么温馨和谐了，老黄说起他参加过的一个小学同学会，说是一场极其尴尬的聚会，首先是小学毕业至今已40 多年了，加上这么长的时间里，大家各奔东西，联系的极少，因此见面时，几乎都是生疏面孔，彼此之间连名字也叫不上来，只能说："你是？啊！记不起了！"或者"嘿嘿，我是×××"，这样自我介绍一番。接下来，还要彼此介绍在什么地方工作、干什么、混得如何，以及孩子几个等。下面是老黄说的故事。

我们小学是在一个镇里，这次聚会是由在县城工作的罗冬同学发起的，原因是春节期间他回了老家一趟，去看望小学时的班主任姜老师。姜老师是一位女老师，整 90 岁了。那时的农村，大家都很穷，姜老师对学生很好，就像一位年轻的母亲一样爱护我们，给特别贫困的孩子送铅笔、笔记本或者描红纸。她还教我们唱歌、跳方格等。因此罗冬同学提议我们班搞个聚会，一方面为姜老师庆祝九十大寿，另一方面也借此聚会见面一次。罗冬还是很认真的，他先到小学去找当年同班同学的名册，没有找到，又跑到教育局去查，经过许多周折才找齐名单，又回到村里镇里问了许多人，总算联系上七八个人，再经过大家大半年的努力，总算找齐了大家的通信地址，这样才办成了这次聚会。

上午的时候，同学们陆续来到当年读书的小学，学校变化很大，新教室，新操场，还有一座小小的图书馆楼。可会上能识得来的并不多，毕竟时间很长，平时又少联系，特别那时年龄还比较小。能记起的并不多，因此共同语言就较少。在小学一个教室里，布置得很漂亮，门口有欢迎标语牌，教室黑板的正上方，挂了一条横幅，上面写着"祝贺姜惠玲老师九十大寿大会"几个大字。学校请姜老师坐在前排中间的椅子上，姜老师看上去身体还很不错，只是耳有些背，当面与她说话，都要大声一点。

由主持人宣布会议开始，由现在的小学校长致辞，老师代表和当年的学生代表发言，最后两位小学生为姜老师献花，仪式隆重而热烈，体现出校长、老师和学生代表对姜老师的赞扬和爱戴，这热烈的掌声、亲切而温馨的气氛感染着每一个人。罗冬说，我们仿佛又回到了小学毕业那天！

会后是到镇里的一间饭店请姜老师以及小学有关领导、老师吃饭。这间饭店，如果在大城市可不算什么，但在这镇里却是最好的了。大家都很高兴聚在一起，为老师干杯，祝愿姜老师健康幸福。

老黄这个班今年实际到会是 38 人，因事缺席 7 人，应是到会人数很齐的一次聚会了。饭后结账时算了一下，包括饭钱、鲜花以及茶水、饮料等共 8910 元，人均 235 元，罗冬正准备宣布大家分摊时，只见方俊站出来，大声嚷道：

"各位，各位，我代表大家报答老师的教育之恩，今天这顿我来付了。"

然后，方俊直奔服务台，几位同学也拉不住他，这顿就由他付了。有几位刚才把钱塞给罗冬的，此时罗冬只能把钱一一退了回去。

话说这方俊，是本镇颇有成就的一名土豪，也是罗冬这个班里出来混得最好的一个。他高中毕业后没有考上大学，出来与人合伙搞过货车运输，当过建筑小工，开过饭店，但都做得不好，开饭店还亏了本。后来在他堂叔的帮助下，才当了一个建筑工程队的队长助理，管理过建筑队的材料购买、人员财务管理等，经过两年多，他自己出来办了一个建筑工程队，而今已有七八十人，是当地小有名气的土豪了。

本来有钱出钱，也不是什么坏事，但是许多人心里不服气的是，方俊口口声声说代表大家报答老师。因此有人就开始抱怨了："你凭什么代表大家？我们选你了吗？"甚至有个刻薄之人就公开说："你有钱就大晒？人均二三百元，谁人出不起！"会场上议论、埋怨、责怪之声不绝于耳。

这样，一场欢欢喜喜的祝寿会，也是老同学聚会，就变得冷漠和生分起来，此时，也有个别人比较心平气和，例如一位女同学说道：

"算了吧，方俊有钱，就让他出吧，以后我们每年聚一次会，每年都由他付钱，看他出不出！"话语中还带着挑拨和不服气。

"我才不参加呢，好像我们来乞讨一样，以后你参加吧！"一位男生应道。

大家你一言我一语，这话语中夹杂着挑剔、不服或者不屑的情绪。总之，一场和谐的气氛没有了，同学会变成了一场尴尬的聚会。大家就在这样的气氛中互道了一声"再见"，就散会了。

方俊此时可能感到有些不对劲，他跟大家握手时，似乎感到没有初见时那种热烈、真挚、真情，相处了几个钟头，此时反而生疏起来，于是，他跑到走廊那头，追上罗冬，说道：

"罗冬同学，我跟你说两句，说实话，我是想大家远道而来，有的是从外省赶回来的，实在不容易，要大家掏钱吃饭也不好，因此我想我是当地的，为大家做点事，就把钱付了，我没有其他意思。有人议论我摆阔，实在是冤枉我了。"

　　罗冬只得停下来，给方俊解释一番，说人多口杂，什么议论都有，不要去计较。最后还赞扬了方俊一番，方握手告别。

　　这同学聚会，说简单也很简单，无非安排会场、吃饭或者远道而来的同学的住宿，但是对于一些细节，以至谁人主持、费用如何付？谁付？还有要不要请一些其他的老师、领导？等等，都得考虑一番，有时就因为一些细节上考虑不周到弄得很尴尬。

　　一场简单的同学会，还是有一些禁忌的。同学会虽然是一个欢聚的会，同学之间的感情是最真挚、最纯真的感情，但是一些言行举止还是要注意些。因而，有人就总结了同学会有"八不"：一是不炫摆、不炫耀你多有钱，特别是不要抢着买单，若先有约定均摊或由谁付，就按约定做；没有约定，也由大家议论一下，如果大家认为你土豪，让你去付，也是可以的。二是不要问人离婚没有。人家感情不好，可能有许多原因，往往一言难尽，家庭之事说不清、道不明，你知道人家不和，也不要问离婚没有，离不离关你什么事？三是不要问生孩子没有。特别是年轻朋友聚会，更不要轻易问这个。人家或因病，或因生理问题，或根本不想要孩子，你不要去戳人家的痛处。四是不要去追问人家的家庭琐事。家家都有一本难念的经，没必要去弄清楚、搞明白，跟朋友、同学相处有一个诀窍，就是凡事要睁只眼闭只眼，不要多管闲事。五是有事当面讲，不猜疑。切忌在朋友、同学间议论谁，或在朋友间向谁传话，以免误传，引起矛盾。不要捕风捉影，有事当面讲，不在背后嘀咕；有疑问当面问，不乱猜疑，影响和谐。六是不要说别人坏话，不多嘴。无论朋友、同学或亲戚，人家再不好，也轮不到你来说，你的朋友不开口，永远别多嘴。七是说话要得体，不刻薄。朋友不是你家宠物，不是你的儿女，刻薄的语言只会伤了和气，人家不会当作忠言逆耳。刻薄的语言，就是一把捅人的刀子，无形中将你们的感情一刀刀抹去。八是体谅朋友的习惯，不要把恶习带到餐桌上。朋友、同学到底不是一家人，爱人、父母可以忍受你的一些陋习，但朋友可不一定可以忍耐，你在人家面前抽烟、挖鼻孔，可能人家受不了，会讨厌你、恶心你，你忍一忍，一两个钟头不抽烟你能坚持。

当然，这是指一般的同学聚会或公共场合下的"八不"原则。至于三五知心朋友，彼此肝胆相照，无所不知，或人家主动谈起，就另当别论了。

（三）不一样的老年同学会

老年人的同学会，或许不会有那么多的约束，也就不会有太多的拘谨或尴尬。年纪大的同学会有几个特点：一是随着岁月的流逝，磨去了许多棱角和激情，人自然会变得圆润和平和一些，会比较看得开，不会有太多的争论；二是年纪大了，没有太多可以炫耀的东西，生活不错，衣食无忧，但没有达到土豪阶段，因此较少有抢着买单或炫耀自己多富有的言行；三是老年人了，参加同学会是珍惜彼此的感情，怀念同窗好友，更加怀念那过去的日子。因此，这样的同学会气氛比较轻松，大家随遇而安，比较宽容。

去年，我参加了一个在广州的高中同学会，颇为有益和有趣。由于我们退休后都同在广州生活，打个电话、发个微信问候或鼓励都有，每年一次聚会，大家热情也很高。就去年那次聚会，除个别因事未到外，到会有 25 人，许多人都带上老伴来参加，彼此都较熟悉，谁人会喝酒，谁人不会，都一清二楚，一般坐定后，会推荐一位美食家点菜。席间大家吃饭、喝酒、聊天，十分融洽。如果事前有人说他请客，饭后大家也乐见由他把账付了；如事前没说，那临时有人说付钱或均摊，大家都心平气和办了，没有争、抢或炫耀的现象。

我们都是四五十年代过来的，经历过许多社会变化，从小受过较好的革命传统教育，在聆听革命故事中成长，所以都有一腔爱国主义的情怀，当议论到日本在东海南海搅事，搬弄是非，以及安倍到处挑拨离间，与中国对立的言行时，个个都义愤填膺；说起美国口是心非，处处打压中国，遏制中国行径，我们也是非常愤慨。因此在同学会里，大家对时事政治的问题议论很多，许多人滔滔不绝地讲上大半个钟头。

说起家庭了，虽然许多时候讲不清、理还乱，但大家还是喜欢讲几句，虽然彼此自嘲辛辛苦苦几十年，退休变成了炊事员，但大家心里都明白，这是自己心甘情愿的。我们都有一个共同的愿望，就是希望自己辛苦一点可以换来儿女的幸福，此时就会觉得自己所做的一切都值得。因此，大家见面，总是喜欢吹一吹自己的儿女或孙辈，更为愿意畅谈天伦之乐的甜蜜。这时，倒是很少来诉苦叫冤的。

当然，在酒足饭饱之后，也有人喜欢高谈阔论或调侃起当年同学间的往事。其中老肖的声音最洪亮，他说：

"我说，高三那年，王小龙与刘燕芬的地下恋情，我们至今难忘，可以说是嫉妒恨都有。"说到这里故意停下看着王、刘二人，见没有什么特别反应，又接着说道，"你说我们的刘燕芬同学，论姿色、论成绩，在我们班 16 个女同学中，应该是前茅了吧！可眼看着鲜花就要插在牛粪上，跟王矮虎谈上了，还不嫉妒一阵子！还有就是，明明学校规定中学生不准谈恋爱，他俩偏偏谈起来，而且经常可以看到他俩在学校花圃里交头接耳，你说可恨不？"

"哎呀，老肖你嘴巴不要那么毒好吗？什么牛粪、王矮虎的，人家是矮一点，也不能这样说人家。"老蔡颇有正义感地说道。

"老蔡，你也是，当年你不也是这样称呼王同学的？"

这下气氛可热烈起来了，有说对的，有说错的。大家看着坐在一起的王、刘二位，却颇为冷静，刘燕芬似乎还微微笑着，老肖这么一吹她心里或许美滋滋的。而王小龙呢，知道老肖这人，狗嘴里吐不出象牙来，而且心想，说老婆漂亮，有谁反对的呢？你说呢？

"老肖，你这样打一个捧一个，手段高明得很，也说出了我们过去当面不敢对他说的话。"众人在称赞着老肖。

这时，老肖很有礼貌地端起半杯葡萄酒，来到王、刘二位的桌前，说道：

"敬你们二位一杯，祝你们二老白头到老，长命百岁！"

"加满杯里的酒，才跟你喝。"王小龙说道。

在王小龙的坚持下，老肖规规矩矩地给自己加满了酒，三人一起把各自的酒喝了。

"祝你们早生贵子……"老蔡话还没完，众人就哄笑了起来。

"您老糊涂了吗？什么贵子，是孙子。"有人喊着。

人家孙子都有了，一点都不了解人家。

在这欢笑中，彼此没有猜忌，没有顾忌，更多的是一种淡然、宽容，抱着一种平常心，这就是同学之情，一种最为纯真、朴素的感情，时间能够磨炼一个人，我们都到了古稀之年，大家之所以津津乐道那中学时代，那种种糗事、恶作剧，更多的是对生活的深切理解、体谅或者说宽容，这就是易经里说的智慧吧！同学之间、亲朋之间只有懂得理解、宽容，这样人与人之间就会觉得更温馨，人生也更安宁。我想，同学会也应该有这么一种心情和气氛，那才是值得永远怀念的同学之情。

此次高中同学会，聚于广州南园酒家，分坐两桌，举头一望，一片皆白，不禁感叹，人生苦短，岁月难留，青春活泼，一头黑发已成历史了，因此脱口而出几句顺口溜，以作纪念。

"高中老同学，年年都聚会。

"时间如流水，刚刚过一年，几位男生更悲催。胡子没有刮，牙齿掉几颗，头上几根小草也枯萎。昔日班花怎么样？满脸皱纹毛又白，一身肥肉赘，拄着拐杖，步履蹒跚颤巍巍。聚一聚，嬉笑怒骂不觉累，批完特没谱，臭骂那安倍，青春爱国心，堪称革命老前辈。接着就是互相吹，你夸我儿子有本事，我赞你女儿长得美！夸完儿女赞孙辈，个个都是聪明伶俐淘气鬼。那个老肖最贫嘴，又说起小王勾搭的同桌小师妹，还不停追问当年究竟是谁追的谁？

"老同学来相会，快把红酒斟满，喝完这一杯，服务员（waiter）

再来一箱葡萄酒，一定要与你干杯，今天不醉誓不归。"

六、生活片段之一

（一）资深理发师

外孙女二三岁的时候，我们经常带她去理发，理发店就在离小区不远处的街道旁，挺方便的。记得初次带外孙女去理发时，只见是一个负责人模样的大叔问道："理发吗？是要资深理发师还是一般理发师？"我有点愕然，资深理发师？什么意思？他见我第一次光顾，因此解释道，资深理发师是单剪发不洗头 25 元，一般理发师单剪发 15 元。啊，我明白了，因此说道："一般理发师吧！"我想一个小女孩，剪个男生的发型要资深理发师干吗？这时，一位小伙子从里房出来，他问我："剪什么发型？"我说："天气热就剪个小平头吧！小男孩那种，剪短一点就成。"

此时，小伙子拿起剪子，几分钟就剪好了。他问道："洗头不？"我说："不洗了，小孩子，洗什么头？"然后交完 15 元，走人。

以后，每次外孙女要剪发时，都是带她到那家理发店，也是那位小伙子剪。次数多了，也有点熟悉了，才知道他姓邓，是广东河源乡下人，初时是跟大伯父出来打工，后来学会理发。小伙子看起来很纯朴、老实，有时外孙女坐得不正，或东张西望，他都会很耐心地逗她几句，或者拿个小玩具给她，因此，外孙女一般都会乖乖坐好，直到理完。这样，我们每次去都会点名要小邓给她理发。小伙子说，他从乡下出来时间不长，还不到一年时间，并谦虚地说，有什么要求可以提出来。

大约过了大半年吧，一个上午，再次带外孙女到该理发店时，没有见到那小伙子。我问那大叔："小邓呢？"只见大叔朝里喊了一声，小伙子应声而出，见到我，笑眯眯地上前来问好，此时，我见他有些尴尬，小声对我说：

"大叔，对不起，我升上资深理发师了，你看，还是我理不？"

啊！小伙子升职了，恭喜了，可喜可贺！从一般理发师升至资深理发师了，还真快呢！半年工夫，工资提高了66%，既然请出来了，多10元就不给，也未免太小气了，于是果断地说："小伙子祝贺你呀！"

小伙子利索地拿起工具，我在旁边欣赏着，究竟这资深理发师手艺跟以前有什么不同？研究半天，也得不出个结论来。

这时，我的脑子又引发出一连串的遐想来。想当年，自己从讲师升上副教授，足足混了5年时间，考外语，评论文，十几位专家和教授评头论足，东挑西剔，评上副教授，升了工资，大概比当讲师时多20%。因此，我这小人之心，就有点不服气了，这小伙子入行也不过一年半左右吧，工资一下提高66%，还不知有无考试或经专家评审呢。

不服气是一回事，但我对这小伙子印象还是挺好的，有着农民子弟的纯朴和善良，他对我这老头子还是挺尊敬的，每次外孙女理发，他都会拿个椅子在门口，叫我坐那里等着，心里还是很温暖的。

但是，自那次以后，我就再没带外孙女去那儿理发了，倒不是爱财如命，也不是没有钱，而是觉得不值。不就小孩子理发，剪短一点就是了，需要资深理发师吗？不值，因此再也没有光顾那位新升职的资深理发师了。

（二）同病相怜

好些年前，在做项目的环境影响评价时，经常要做公众调查，就是在完成环境影响的初步结论后，需根据项目的性质、规模、排污情况等，设计一个问卷，大概有十来个问题，以后就要拿着问卷去征求当地居民的意见。这时候，我们师生多人，2—3人一组，拿表发给居民，做完简单的项目介绍后，请他们签上答卷，再签同意或不同意项目建设的意见，并签上姓名、电话。

此事看来简单，但许多时候，有的居民怕麻烦，或认为事不关己，往往连表都不看，你讲也不听，就走了。有时会站上半天，几个人，十几个人走过，一个也不肯看，名也签不成了。此时我们许多人，就会觉得很丧气，心里想，求人真难！有位小伙子，等了很久没有签上一个人，他开玩笑地说："求人难，难于上青天！"

有时我们出去发表格的小伙子、姑娘们也有那种坚韧不拔的精神，追着那大叔大妈，好话说尽，才签上一个，因为每个项目，发出表格多少、收回多少（有签名的）是有规定的，如果老是征求不到签名，就完不成业务。

有一次，一位年轻的妈妈带着小孩在村旁的晒谷场上玩，我们的一位女生笑着前去，说明来意，当递上表格给她时，她怎么都不肯签。她推着小孩子坐的幼儿车走，那女生也跟着走，她还不时逗一逗那小孩，又找机会强调一下，说这个公众调查多么重要，说填这个表是给专家、领导审核项目参考的，在晒谷场走了来来回回十几圈，那年轻妈妈可能受到了感动，终于停下来，接过表和笔，才签上了自己的名字和电话。

所以不要以为做群众调查很简单，是极容易的事，那位女生事后还沾沾自喜地对大家说，这就是群众工作吗，似乎像个领导在教导众人。

当然，也有让人很失望的。有一次公众调查中，一位男生也的确发挥了不怕困难的精神，他追着一位大叔要签名，一边走一边讲，讲这调查如何重要，也讲了好话，但走几十米，大叔就是不签，还径直加快脚步走了，这位小伙子那种失败的心情可想而知。

经历过这许多的见识以后，使我们的认识也发生了变化，当大家平时闲聊的时候，都会说，平时碰到有人做市场调查的或就公共服务、社区工作征求意见时，我们都会留意一下，只要不是做广告或推销产品用的，我们一般都会停下来听一听，再签个名，总会觉得人家也不容易，能帮就帮一下吧！

这或许是同病相怜吧！自己觉得做个公众调查也不容易，因此产生了怜悯之心！

（三）你已经做得很不错

一个人结了婚以后，心境、性格以至人生观都会发生很大的变化，特别是当你有了小孩以后，更加深切体会到为人父母的不容易，人也变得乖巧和能干了。为母则刚！对工作对家庭有了更大的担当，对父母的尊敬和爱戴也更为真挚和深切。

在一次师生聚会上，一位女生很深情地对大家说，父母昨天回老家了，我们都非常不习惯，家里冷清不少，连电视机也休息了，没有人抢遥控器。父母远离家乡，来到这陌生的城市，陪伴我们10多年，一直带我的小孩到9岁多，这些年父母付出的辛苦真是无法言说。当小孩还在婴儿时，晚上经常会哭闹，是我母亲在哄她，喂奶，换尿布，为的是让我多睡一会儿觉。上幼儿园了，都是母亲在接送，如果碰上刮风下雨，母亲要背着小孩走上十几分钟的路才回到家，那时我都很忙，根本就没有时间照顾小孩。到了上小学了，也是母亲接送。父母也很想回家，那里毕竟有乡亲朋友，有熟悉的环境，有生活几十年的乡土，我也想让他们回去，可是他们不舍得外孙女，担心我们没有时间，照顾不好，我们的确很忙，因此，父母和我们，大家心情都处于矛盾之中，说心里话，我也舍不得他们回去，但又想到，他们回去可能会更自由、更舒心，因此，终于下决心，让他们回去了，明天就要自己送小孩上学了。

这就是天下父母心，天下父母累，全天下都是一样的。

这位女生还说道："我父亲这3年身体也不太好，因此考虑到广州就医方便些，而且广州气候温暖，不像我老家东北，父亲在我这里冬天不会生病，在老家每年冬天都要感冒几次，因此，明年天冷了，他们愿意的话，再接他们来广州，好好照顾他们。"

现在社会现实就是这样，为了照顾子女工作，当父母的，甚至六七十岁了，当起了北漂、南漂跟随子女，离开熟悉的故土，做起了家庭杂事。作为父母也乐此不疲，正如人家写的打油诗：辛辛苦苦几十年，退休变成炊事员，走不尽的厨房路，干不完的家务活，洗衣做饭拖地板，买菜喂奶刷马桶，没有掌声鼓励你，没有锦旗送给你，问你累不累，你却说这是天伦之乐，享受着自我的陶醉！

话说回来，这位女生还是做得很不错的，前段时间，她父亲病了，她在北京找了一家医院，为了照顾父亲，在北京陪了好长一段时间，为了父母舒心，她也想了很多办法，让他们回去一段时间，冬天再接他们回来，好好照顾他们，能做到、想到如此，这就够了，不必自责，不必苛求自己。一个人能对人行善，对父母孝顺，是最为可贵的了，给她点个赞！

是的，我们应学习这位女生的好品质。我们每个人都会一天天老去，只是父母比我们先老而已，因此我们要懂得角色互换，设身处地地站在父母的角度，然后去照料父母，这样才不会有怨言，去责怪父母。人都老了，可能许多事做不好，或许年轻时的好习惯也忘了，或许变脏了也不知道，房间有异味，或老得甚至大小便失禁，为人子女你只能帮他搞卫生、做清理，并维持他的自尊心。你想想从你出生到长大，还不是父母为你操心，给你喂奶、换尿布，有时一夜操劳几次，不眠不休地照料你，到你会走路了，怕你跌倒，教你基本的生活能力，上幼儿园要接送，供你读书、补习，供你吃好、玩好，这些，作为子女都永远不能忘记。

因此，人们常说，世界上有两件事不能等，一是孝顺，二是行善。一个人只有对亲人朋友、师长有爱，对不幸的人，比自己困难的人多一点善心，这才是真正的幸福人生，才是人生最大的财富，而不是金钱。苹果前任 CEO 乔布斯的临终遗言很值得详读，遗言较长，但有几句是说他临终的醒悟真言：

我生前赢得了所有财富，但我都无法带走，能带走的只有记忆中沉淀下来的纯真感动，以及和物质无关的爱和情感，它们无法否认也不会自己消失，它们才是人生真正的财富。

七、生活片段之二

（一）我小区那位阿姨

在偌大的广州城，能在居住小区里认识同乡是一件幸事。有一天，我在菜市场买水果，听到旁边有人在讲我的家乡话，我注意了一下，是一位 50 多岁的壮实男人，待他买完东西，我走到他跟前，用家乡话与他打了声招呼，看得出他很惊异地把我仔细地从上到下看了一遍，然后我们用家乡话互相做了介绍。殊不知他不但是我的老乡，而且还是我邻村的村干部，当过民兵排长、支部书记，姓王，去年不再当干部了，才来到广州帮带孙子，由于是邻村的干部，他认识我们村很多干部和中老年人。人就是这样，不认识的时候，就见不到或可能见到也不会留下印象，认识以后，几乎隔一两天就能见到，有时在菜市场、超市或在珠江边散步，见到了都会聊上一会儿，有时他会讲些我们村里老少的各种趣事，人情世故，说得没完，这样一来二去也就认识了他的爱人蔡姨。他们夫妻俩分别要为两个儿子带小孩，而且分别住在附近的两个小区，两个儿子分开住，夫妻俩也就分开为两个儿子操持家务，带小孩、买菜等。晚饭后夫妻俩就一同到江边散步。我们也就经常在江边碰到他们，也就一起在江边倚着花岗岩护栏聊天。蔡姨本是农村妇女，文化程度也不高，但她心直口快，说起话来条理清晰，滔滔不绝。她一个人可以说很久，往往使你插不上嘴，可以从村里的黄大妈、李阿婆讲到自己的儿媳妇，以及左邻右舍的种种绯闻。见面多了，彼此也就熟悉起来，她也会问我们一些情况，如此她也就知道我原来在旁边大学教过书，还曾经是一位从事环境科学的教授。

我和王书记住在一个小区，蔡姨在旁边的一个小区，都离大学的北门很近，有几次，听到蔡姨在抱怨，听说你们大学风景很好，校园很漂亮，几次我想进去，都进不了。那门口保安要查工作证，严死了。

　　我解释说，人家要维护教学秩序，保证有个安静的校园环境，当然不能随便放人进去，因此附近有些居民想进去晨练或晚饭后想进去溜达一下，都进不了。我们国家的校园管理与其他国家的可能很不相同，例如2018年8月我们到美国旅游，参观了纽约的哥伦比亚大学，人家在门口竖个牌子"Welcome to Columbia"（欢迎到哥伦比亚），我们全团22人在导游的带领下走遍了整个校园，所以我说："蔡姨，你就别进吧！没有校园卡或工作证是进不了的。"

　　蔡姨又问我在校园有没有房子，我告诉他，我们在大学里还有一套房子，有时也回去住一两天，他问我在校园的房子是几栋几号等。

　　有一天，我们又在江边遇见了，在聊天中蔡姨很高兴地告诉我："陈教授，你知道吗？你那大学昨天上午我进去走了半天呢？"

　　"你怎么进去的？"我有点好奇。蔡姨笑笑说，那门口保安要我的工作证，我对他说："我找人，是一位熟人。"

　　"什么人？"保安问。我说，"是陈××教授"，此时那保安迟疑了一下，说道："什么陈教授，没听过。"

　　"陈教授都不知道？是研究环境保护的，全国这么出名的教授，你都不知道？你们大学出了这么著名的人，你都没听过？真是！"

　　此时，蔡姨左一句出名，右一句著名，咋呼一阵子，那保安分明给唬住了，这时从旁边走来另一位保安，二人嘀咕一下，点点头，就让蔡姨进去了。

　　那天蔡姨说起来还很高兴，似乎打牌赢了一局，她说得我也笑弯了腰。

　　看来我得感谢蔡姨，教书几十年到退休了，既没出名过，也没著名过，今天终于被蔡姨著名了一回，至少那两位保安同志是相信了，退休了还能著名一下，很爽！

从这事我也着实佩服蔡姨，一个农村妇女，文化程度也不高（只是初中毕业），甚至以前也未到过广州这样的大城市，今天竟然能把两位大城市的保安给忽悠了。

蔡姨还不停地称赞大学校园漂亮，红墙绿瓦，绿草茵茵的大草坪，古树参天，还有那足球场的塑胶跑道，蔡姨说从校园东区走到西区，足足花了一个半钟头，看来是很高兴。

（二）人家的月亮不比我们的圆

到美国旅游的时候，旅游团有一位团友是第二次到美国了。据他自己说，是一位广州某企业的中层经理，专管产品销售的，说起美国的逆天工程，滔滔不绝，诸如胡佛大坝、水晶大教室、金门大桥、中央河谷工程等，他可以数上一大串，使第一次来到美国的众团友，刚游完第一站洛杉矶就迫不及待要参观下一站了。

的确，许多国家都有一些堪称世界性的工程，宏伟、壮观或者建设的难度很大，曾经给世界一个惊叹！但是我们看看今天的中国，重大的、世界性的基建工程比比皆是，许多更是世界第一的工程。就拿大桥来说，胶州湾大桥、杭州湾大桥、港珠澳大桥等，都是惊艳世界的大工程，还有规划中的渤海湾大桥、台海大桥、琼州海峡大桥，更会让世界惊叹不已！那始建于 2009 年 12 月 15 日的港珠澳跨海大桥，已于 2018 年 10 月 24 日正式通车，大桥投资 1269 亿元，桥隧全长 55 千米，其中主桥 29.6 千米，桥墩 224 座，桥塔 7 座，是桥面双向六车道的高速公路，桥宽 33.1 米，可抗 16 级台风，预计寿命 120 年，整座大桥使用 42 万吨钢铁，相当于 60 座埃菲尔铁塔的重量，这是多么伟大的工程！

我们也曾经惊叹美国四通八达的公路铁路网络，但今天我们的八纵八横高铁网却让美国人自叹不如，美国世贸双子塔曾是国人到美国必去的景点，今天世界上 70% 以上的已建成或在建的摩天大楼在中国，中国拥有世界上最现代化的港口和最大的港口，而且世界十大港口中中国占了7个。还有三峡工程、南水北调工程、藏水入疆工程（让新疆、甘肃的戈壁变良田）、西电东送工程，以及京新高速、青藏铁路，无不是惊世之作。中国的桥、中国的路、中国的港口、中国的机场、中国的大楼，中国的水电……已让中国成为世界惊叹的"基建狂魔"。水泥和钢铁，中国一个国家的产量超过全世界其他所有国家的总和。中国3年的水泥产量超过美国100年之和。

曾经的英国时代，英国的逆天工程惊艳世界。美国时代，美国的逆天工程惊艳世界。而今，21世纪中国的逆天工程惊艳世界！这昭示着，美国时代即将过去，中国时代正在到来！那滔滔不绝向人们介绍美国逆天工程的中层经理，对自己国家是不是也很了解呢？

因此，我们到美国旅游的时候，导游怕我们提不起精神，反复强调了20世纪六七十年代的许多建筑是很厉害的，不能用人家几十年前的建筑与现在相比。但是当我们的汽车走在并不平坦的高速公路上时，屁股告诉我们：美国的高速公路比我们许多县级高速公路也差远了。城市的楼房不是很高，而且大多显得陈旧，纽约的地铁隆隆声响，同行一位团友说："我们广州哪一条地铁都比这儿安静！"

朋友们，能活在当今时代，是我们的幸运，是国家之福、人民之福。再也不要说我们祖国这也不行、那也不行，不要跟在那些公知的尾巴后面唱衰自己的国家。纵然，我们国家还有这样、那样的不足，有缺点有短处，你说人家国家的不足还少吗？"狗不嫌家贫、子不嫌母丑"，况且咱祖国已今非昔比，伟大、富强、美丽的祖国正站立世界之巅！不要做别有用心之人的跟屁虫，抹黑自己的祖国，时刻记住自己是伟大中国的一公民。

（三）没有领导审批是违规的

家里的卫生间里有一面墙壁和地板有些残破了，特别是那面墙壁所贴瓷片已摇摇欲坠了，因此，我开始张罗重新装修之事，请来了泥水师傅看看。他说，打掉那面墙和地板的瓷片，再贴上新的，工钱总共 1200 元，一天可以完成。而后买来了瓷片、水泥、沙子，约定时间开工了。

泥水师傅用电钻把那旧瓷片弄下来不久，小区的物业管理处来人了，很凶地说："你们装修为什么不报物业处领导审批？"

"我们是小装修，"我诚恳地说，"你看，就换掉一面墙和地板的瓷片。"今天下午就可贴完瓷片了。

"不成，凡是装修必须提供装修设计图纸，没有领导批准就动工，是犯规的，马上停工。"来人说得斩钉截铁，我再三解释，甚至有点低声下气，希望通融一下，但是，说了半天，没有丝毫商量的余地。

我就把他领进卫生间看看。

"不就一块地板和一小面墙嘛？要什么图？"

"按规定，凡是装修必须提供装修设计图纸，再不停工就要没收工具并罚款。"来人更凶了。

"不就两块小面积嘛，一共也不过 10 来平方米，要什么图纸？"我有点不服气。

"按规定就是要提供装修设计图纸，等下我再回来，不停工就没收工具了。"来人很坚决地放话了。

看来是鸡同鸭讲了，只得请泥水师傅暂时回去，我再考虑如何应对了。

考虑了半天，再找把皮尺量了一下，要修的墙面比较整齐，是一长方形，高 2.7 米，宽 2.2 米，面积 5.94 平方米，地板不太规则，最后量出不规则的菱形面积约 4.24 平方米。要怎么做个设计图纸呢？我在自言自语地说，妻子在旁边听到说，你不会自己画吗？

对了，谢谢妻子的提醒，我可以自己画呀！不信研究生毕业的我，这设计图纸画不出来。于是我到大学校园的文具店去买纸，看了好久，心想，要画就画个大的，豪华一点，有特色的，说不定过去教书几十年没出名，这次再第二次出名一下（上次被蔡姨给出了一次）。找了半天终于找到两张大幅的图画纸，每张长 120 厘米、宽约 70 厘米，还买了一支黑色画笔。

纸笔买回来了，为了追求准确性，又用软尺把两块地方量了一次，再按比例缩小，画到图画纸上。为了豪华大方，缩小的尺寸几乎刚好填满画纸，只是上头留一点空位，准备写标题和设计年月日等。

既然是设计图纸，就要有相应的图题，人家一看才知道是装修设计图。因而题名为"中华人民共和国广东省广州市海珠区 X 色康园×栋××房卫生间地板装修设计图"。

另一幅是卫生间墙壁装修设计图。

图的各边标上实际的长度，其下角特地写上比例尺。落款为：广州市宇宙设计研究院绘制，两幅图实际就是墙壁和地板的尺寸缩小版。

哈哈，到底还是研究生的水平，两幅图仅仅花了一个多钟头就绘制完成了。我把两幅图卷起来，拿到物业管理处，把图摊在那领导的桌子上，我感到十分自豪地说：

"领导，装修设计图搞好了，请审批。"

那领导（后来才知道，他不过是一个保安头目）并没有认真看图纸，而是看上去，脸上有些尴尬，可以说很难看了，他从桌子里找出一张审批表，要我填上姓名、电话、房间号，以及装修内容等。后来交回给他，只见他大笔一挥，通过了。

审批完成了，可以动工了，此事不禁使我想起 40 多年前的一段往事。那时我在农村基层，据说有一位公社的文教干事，相当于现在镇政府管文教的官员。因为好长时间都没什么大事，各村的小学来找批条子的也没有，因为他手中并没有什么经费或人事任命权。有一天，他听说公社圩镇的文具店来了一批哨子，是铜质的，且哨声响亮，因此各村小学都派人来购买了，他知道此事后，立即通知该文具店及各大队，凡今后要购买哨子，需凭公社批的条子才能购买。这下子，该文教干事忙得不可开交，每天找到他批买哨子的人不少，因为在全社 20 多所小学，那体育老师要用哨子，甚至各班搞活动、开运动会也要用哨子，这位文教干事也就得意了好几天。

这可是几十年的事了，今天在现代化的广州城的一个住宅小区里，这位物管领导不也在上演这一闹剧吗？

八、也说读书这件事

　　一个人从幼儿园开始就学习识字、读书，从小学、中学以至到大学，再后来工作以后直至退休，人都离不开读书。可以说，读书是陪伴人一生的事情，过去常说"开卷有益"，大概是基于读书的重要性，鼓励你多读书而说的，现在看来就有些不合时宜了，社会上有各种各样的书，可以说是鱼龙混杂，一些无益的书就不应该看。那么如何读好书，从书中读出精髓，读出心得呢？笔者认为要做到"五个要"：

　　一是要选择读。在浩瀚的书海中，在无穷的信息量中寻找适合于自己的、对身心有益的书来读。一个人精力有限，时间宝贵，要把书读得好，读得快乐、有收获，就一定要选择适合自己读的书。人们常说博览群书，是鼓励人多读书，并不是无的放矢地胡乱看看，至于选择哪方面、哪一本书，这就要看自己的爱好和眼光了。《三国演义》《水浒传》是好书，但有人就不喜欢，而喜欢《红楼梦》；鲁迅的杂文有人说看了很过瘾，很好，但也有人不太喜欢。这就是萝卜白菜，各有所爱，但总体来说，应选择健康的、使人有收获的书来读。

　　二是要精细读。读书切忌填鸭式，不能拿起一本书就囫囵吞枣般读下去，可以经人推荐，看介绍，也可以粗略翻一翻，看是否合自己口味，选定之后，就要认真、仔细地读下去，不但要熟读，还要读其精要。许多人读书只看其故事梗概，或只注重故事是否曲折有趣，这样就读不出每本书的精要之处，读好书、会读书，能读出书的精髓，可能你就有收获，就有助你的发展了。

三是要坚持读，有人说一时容易，坚持难，是很有道理的。人就那么几十个春秋可用来工作、学习，人生苦短，但要读好书，有收获就要不断坚持。要善于挤时间，外出旅行带上一本书，候车、候机或在火车上、飞机上都可以看几章几节；每天晚上，除了看电视、看手机外，也要抽个二三十分钟读点书。要排个计划，譬如一个月看几本书，一年看多少，列个清单，年终也可以自己检查一下，只要你能坚持，就能不受社会纷呈与外界喧嚣的影响，就能做到心不烦意不乱静下心来读完几本好书。

四要学会问，学问学问，就是学了要问，不学无从问，不问就无法懂，唯有好学之人、善学之人才知道问题所在，才会问。当然参加读书会，或请教师长、与朋友切磋也是问，问多了，讨论过了，印象就深刻了，就不会最后又交回给书本。因此信佛的要问法，信道教的要问道，为政者必须先问政。这样才能了解其物，弄懂道理。一个人不可能全才，样样都懂，就是文学书，也有可能一时弄不懂，或有自己无法解决的问题，此时就要肯问，那就请教别人，有时还可以从一个问题延伸开来，深入探讨更为深层次的问题，这样就会受益匪浅。

五要学会用，有一些人，从中学到大学直至出来工作，读了不少书，但就是不会用，他的所谓知识，停留在书本上，是纸上谈兵。能学会用，才能把别人的知识、书本上的东西变成自己的工作利器，把书中所教的智慧变成自己的思维，此时书本不但是思想的源泉，还是你前进的动力。一个人能否取得成就，成就多大，不在于读书多少，而是你能否读后使用。许多科学家的发明创造，是因为其能读了活用，许多哲学家、文学理论家能够创立自己的理论、学说，是因为其能学了活用。

关于如何读书，如何读好书，前人有许多经验，许多的名言或警句，上述提到"五要"，不过是个人体会而已，并无别意，但却有其道理。一个人一生能喜欢读书、多读点书是很好的，它可以使你聪明智慧起来，但也不应作为炫耀的本领；许多人干的事情很多，书读得少一些，这并不是不光彩的事情，事情干得多了，一天只有24小时，读书的时间就相对少了，这是很自然的事。当然你这一生就是一部很好的书。如今，社会上有太多散乱的杂事，有那花花绿绿的、使人看得如痴如醉的手机屏幕，还有那商品琳琅满目的商场，因此要完整大块的时间静下来读书是很难的，这就要求读书人要有定力，关起门来即是幽静的深山，只要心不乱，就会觉得是如入无人之境，心中就有一块绝妙的田园，供你耕耘，去守护。所以有定力，哪里都可以读书，而无须大把时间正襟危坐方能读进去。

有朋友说读书须到大学或市里的图书馆去，才读得进去，这未免有些夸大了，一个人应有触手可及用来阅读的书，喜欢看而翻来覆去看不厌的几本书，这就可为你留下难以忘怀的愉悦的读书回忆。当然，如有自己的书房，那更为美妙了，庙不在大，心诚则灵，书房也是，舒适就行，你有条件自然可以弄个大书房，但书房不管大小，一定要收藏自己喜欢的、有益的书籍，你可以花精力经营，守护好自己的小小家园，现在好书也很多，自己藏书的话，要精选一下，可以设定自己喜欢的某个专题、某个方面的文体或内容，不然的话，你有钱买书，也可能藏不过来，世上书太多了。

有人喜欢到图书馆或购书中心去看书，这也是一个不错的选择。广州这样一个商业发达的城市，由于有关部门的重视，一些图书馆书店倒是弄得不错。珠江新城的广图新馆很大也很先进，书目分类分室，容易查找，看书还有凳可坐，也很舒适。其他小一些的图书馆或老馆也各有特色。如中山图书馆文德分馆，是一栋环境清幽的民国建筑，北倚古番山，东临翰墨池，该馆少儿部就有许多家长带子女来此看书；广州太古汇负一层的书店是充满创意的店面，高高的书架上取下书，你可以站着看，也可点杯咖啡，坐下来慢慢地看，这里每天都有许多背着双肩包的文艺青年，以及年轻父母带着四五岁的小孩子来接受书香的熏陶。

书店也是一个公共文化的空间，例如广州购书中心面积很大，也很大众化。还有联合书店、唐宁书店、西西弗书店都有其独特的模式，有些藏身在大商场里，讲究的是读者的体验，门面装潢也很好，使许多人慕名而来，而成为城市新的文化地标。许多书店每周还会举办一两场讲座、分享会或沙龙等，邀请一些知名作家、学者和艺术家来与读者交谈。经常逛书店，可以获得许多有关书的信息，也可以参加这样一些集会，认识一些朋友，分享读书的心得，取得人生许多的经验和体会，何乐而不为？

九、我这样看猫

以前我家里养猫，是一只波斯猫，刚出生不久时，原来养它的老师要出国进修，因此把它送给了我们，临行前还说："你们要一直养它，不要送人，这是很好的一只猫。"

的确，这是一只很漂亮的猫，全身的毛蓬松而雪白，眼睛很大很萌。蔡澜说猫小的时候总是很美的，大概是有道理的，你抱它时，它两眼总是滴溜溜地望着你，可爱极了。

我家的波斯猫头很大，头大使人看起来傻眉愣眼的，就很让人喜欢了，加上身体越长越胖，到了二三岁时已是胖乎乎身材滚圆的漂亮公主了。据说胖猫贪吃，因而发胖，肥胖了变得懒洋洋的，动作迟钝，许多亲朋来见了都说此猫真有福相。

总的说，猫比狗爱干净，每星期我们都要给它洗澡，夏天是一周两次，冬天是一周一次。洗澡的时候它可乖了，自己安静地站在大脸盆里，我们用水勺盛水淋透全身，再打上洗浴液，擦洗后，不断用温水把毛发冲洗干净，经过几番冲洗，再用干毛巾把全身擦干，毛茸茸的蓬松的白毛，显得可爱。平时，它也是很爱干净的，绝不去脏的地方睡觉或打滚，经常用舌头去舔巴掌，梳理头发，洗洗脸，因此猫身上不会有腥臭味，正因为如此，我们一家人都喜欢抱抱它，它经常会到床上去睡觉，甚至在我床上打起呼噜来，但我们都不会赶它下来。

猫是很懂得休息的，每天要睡十五六个小时，你上班了，剩下它一个，它就静静地自己安睡。夏天热的时候，它一般是睡在阳台的大理石护栏板上。当我们下班开门时，它会"噗"的一声从护栏板上跳下来，跟着你的脚跟转，表明它肚子饿了，到开饭时间了。你料理好吃食，它吃完之后，又不再理你了。有人借此说，猫是没人情味的，吃完就不理你了，我想这也不能说它错，你很忙，不烦你还不好？不像狗东窜西走，没个安宁，惹人烦。

当猫静下时，它趴在那里，你摸摸它的鼻子，摸摸它的头，甚至握它那又小又软的小巴掌，它都毫不介意，那圆圆、直直的鼻子，你摸一摸，似乎可以感觉到一丝暖暖的气息，有一种痒痒的感觉。它经常会趴在那里，静静地思索着世界上重大的问题，譬如特朗普最近的对华政策会有什么变化，还有朝鲜和韩国又闹起来了，日本安倍什么时候下台，等等，可能还思索很多，我们就不得而知了。

猫的好奇心是很浓的，它看见一只小蜜蜂或一只小鸟飞向阳台来，会非常专注地盯着看，头会随着这些小动物的飞上飞下而转动。有一次它看见一只小鸟，停在阳台大理石板上，是鸟毛带绿色的很小的鸟，叫起来啾啾的声音，它竟然从大厅一端慢慢地向阳台移动，身子伏在地上挪动，似乎是在爬行前进，快到阳台的时候，说时迟那时快，只见它跳起身子，飞一般跳上阳台的护石板，准确地把小鸟抓住了，把小鸟含在嘴里。我见状，马上走上前去，但用尽力气，它的嘴就是不张开，双方坚持到最后，它松口了，把小鸟吐在地上，我一看已经死了，也不知它为什么要抓那小鸟，抓住了为什么又死死不放，它们应该没什么仇恨吧。

还有一次，是我家搬到校园的西南区住，这里是过去大学教授住宅，一栋一栋类似于别墅建筑，我家住在一楼。一天晚饭后，我们楼上楼下两家人在门前地方聊天，那时小楼门前门后都是草坪，还有一片竹林，竹子高大而茂密，门前十几米的竹林前还有几张石凳可以坐下休息。正在我们饭后聊天时，我那小猫不知从哪里抓到一只好大的老鼠，我们一见都欢呼起来，鼓掌赞赏小猫的能耐，只见它用口含着老鼠拖到那竹林边，后面的表现让我们惊呆了，只见它松口把老鼠放了下来，此时老鼠认为得到了逃生的机会，定定神马上向竹林奔去，当快到竹林的时候，小猫一个箭步，跳出去又把那老鼠抓了回来，回到原来的地方又把它放下，老鼠又跑出去，它又一次把老鼠抓回来，这样一直抓了放、放了抓，小猫玩了很多回，最后老鼠终于死了，小猫不吃它，把它丢在竹林边就回家了。

一般说，猫出去了，如果走不远是会自己回来的，可是有一次，可能它走远了，竟然没有回来。记得那年我们家正在装修，可能装修师傅没关好大门，小猫才走了出去，待了三天两晚没有回来，我们都心急得不得了，到处找，到邻居家去打听，都没有看到我的小猫。那三天我们一家心情都很不愉快，每到吃饭时，见到阳台上小猫的饭盆边没有它的身影，心里就很失落，往往自己也无心吃饭了。我在这三天两晚，总到附近地方去找，学着猫叫，希望得到回应，一直到第三天傍晚，我到附近一楼楼边去找，也是喵、喵、喵……地学着喊叫，突然我在一条干了的下水道里听到一声微弱的声音传出来，于是我迅速走到下水道边，蹲下去喊着，终于小猫从沟里爬了出来，我心头一喜，赶快趴下去，伸手把它抓起来，只见它那纯白的毛已经变得黑黑的、脏脏的，声音是那么微弱和嘶哑，这三天它肯定叫喊不停，因此声音嘶哑，而且三天没有进食，发出的声音也就很微弱。我抱着它，它把头伏在我肩上，它两只前爪抓住我肩膀，此时我真的流下眼泪。回到家，把食盆的东西放在它面前，饥不择食呀，它拼命大口地吞咽着。"饿了几天，一下子不能吃太饱。"妻子警告说，因此那天晚上我把食物分好几次给它吃，当看到它又静静地睡在阳台石板上时，一家人的心情才平复下来。

宠物养得久了，感情是很深厚的，那种情感是局外人无法理解的，这已经是你喜欢它、它依赖你这种难舍难分的境界。猫也有种种感情，喜怒哀乐都可以从猫身上观察到，它发怒时会瞪起双眼，死死盯着你，喜的时候嘴角往上一翘，特讨人喜欢。哀子之猫，仰天而啸；高兴的猫，会追着自己尾巴玩耍。所有养宠物的人都有一个爱好，凑在一起时喜欢谈论自己的宠物，就像年轻妈妈谈论自己的孩子一样，而且每个妈妈都觉得自己的孩子是世界上最美、最聪明、最伶俐的一个。

记得好些年前，在开会时认识一位处长，说起他也很喜欢养猫，而且我们都夸自己的猫多好看。我当然不肯认输，我郑重介绍我家的猫是正宗的波斯猫，毛白而蓬松，以及这波斯猫的种种趣事。他也不服气，认为他的猫雄壮，威严，又不失可爱。于是约定第二次见面时，大家带各自猫的照片来互相评鉴一下。那天我们都带了猫的照片来，原来他养的是一只大黑猫，浑身纯黑，两只眼睛滴溜溜的也还不错，但我心中总认为我的猫好看太多了，可以讲出七八条理由来，但碍于熟人，我也不好说不中听的话，而是彼此恭维一番，各有特点，各有特点……

过了好久，有一次他告诉我，他的猫死了，是从楼上摔下来死的，那天傍晚在楼下找到它的尸体时，他觉得天昏地转，晚上他抱着那已死去的猫，久久不肯分开，无奈中过了很久，才想到把猫的尸体埋进天台的大花盆里，他想，或许他今后看到这盆盆栽，心里会有一点安慰吧！知道爱猫就在里面！我很理解这位处长此时的心情，很有同感。

有人喜欢养狗，有人喜欢养猫，是无可非议的。狗对人忠实顺从，而且这是无条件天生的，因此有说哈巴狗，多是贬义。因为狗会看人眼色，拍人马屁，它有时撒娇打滚也是为了讨好主人，而且主人一挥手，一声吆喝，不管对与否，它都会百分百去执行，有时赴汤蹈火也在所不惜。在我看来，这似乎有些媚相了，或者说奴才相了。因此，我有时不太喜欢它的这种表现。而猫就不同，尤其是波斯猫，不但形象雍容华贵，而且性格就是呈现出高贵矜持，对人爱理不理，不管你是主人还是外人，或者高官土豪，它表现出的都是一个样，这是很令人尊敬和喜欢的。

我家的波斯猫养了20多年后死去了，据生物学家研究，猫能养20多年，就相当人类100多岁的年龄，是寿终正寝的了。记得它去的前一段时间，身体已很虚弱，原来滚圆的身材，已变得瘦骨嶙峋，走起路来也有些东偏西倒的，不太稳了，而且饭量也减到原来的五分之一。终于在那个晚上，安静地走了，我们心里都很悲痛，毕竟20多年朝夕相处哇！妻子为了给它找个好归宿，拿150元让小区的保安在野外找个地方埋了，但愿我家的波斯猫在天堂愉愉快快的，还是那样毛色雪白而蓬松，那样调皮又矜持。

由此，我想到人类，大体是一样的，到了年老，衰弱了，各器官衰败了，走路也不稳了，讲话也不灵便了，最后倒下去，这是天下有生命之体都一样的归宿。因此世界除了有《人权公约》外，还有一个著名的《人与动物自然公约》，对人和动物一起立个公约，是很恰当、很正确的。

保护动物，爱护一切生命，是每个公民的义务和公德。

十、退休真好

在一次师生聚会上，同桌有几位旧同事，其中有两位再过一两年也要退休了。我再三动员他们，一到退的时间，不要迟疑，尽快退吧，退休真好，这是你们今天还无法了解的。

一是终于摆脱那赖以糊口的工作了，完全自由了，你60岁了，你站在中年通往老年道路的桥梁上，此时你才会发现变老的好处，年轻人开始称你"阿叔"，小孩子们称你"阿伯"，特别乖的小孩见面还会喊上一句"爷爷好"；此时你没有了日常工作的劳累，没有种种事务的牵挂，你再无须为了完成某次任务而熬更守夜，你总算熬过了中年危机，来到老年的门口，你会突然想起今天不用上班了，那是何等幸福的事情！这是心情的解放，那种愉悦的感觉是你现在无法理解的。

二是你可以选择去做自己愿意做的事，不用违心地屈尊自己。譬如学习画画，去旅游，或写点杂文、小说，或做些运动、跳跳舞、唱唱歌，完全由你选择与决定。许多老年朋友才学几年画画或写作，已有惊人成就，而且这时你做的事，完全出于自己的爱好，是一件内心向往和享受的事，因此会特别用功，上手也特快，心情也特别愉悦。我有一位高中同学老罗，其妻小他几岁，前两年才退休，她退休后就去参加了老年大学学习绘画，学习一年多后，已大有长进，前些天聚会，她高兴地告诉我：她的画在一次退休协会举办的展览中得了亚军，并且被一位业余爱好者购去，卖得1000多元，她喜形

146

于色地说：“虽然我们不缺钱，画画也不是为了钱，纯粹是爱好，但看到自己亲手绘的画，给人买了去，也是十分高兴的事。”

三是你如果年纪更大一点，到了70多岁，快80岁了，这时你可以享受到生命过程最美的精神享受，你可以不再装模作样去喜欢那些你不喜欢的人或事，你可以只做你力所能及的事情；如果体力还好，不妨去旅游一下，看看祖国的名川大山，或者出国去，欣赏那里不一样的风土人情，也可尝遍天下各种美食；如果手脚不那么利索了，你可以一边晒太阳，一边与人聊天，或者与三五好友，一边悠闲地散步，一边说说笑笑，上自天文，下至地理，古今中外，都在笑谈中，你就像在欣赏一部长长的纪录片，你或者就是片中的主角，可以在其中尽情发挥你自己，这些是年轻人无法拥有的享受。他有闲空，但没有你的经历；他有谈笑，但他不是主角。只有你能够这么超脱，静静地、愉悦地欣赏这美的过程。

退休这事，不同的人是有不同的感受和体会的。有些人把退休前的权力、荣耀看得太重，往往在退下来后就会有诸多的不习惯，好似从高山顶上跌落至谷底。据说有一位在职时混到了处长的干部退下来后，突然闲散起来，内心非常郁闷，浑身不自在，想起在职时给人训话、批条子、交代任务，一切都是那么自然，有一种居高临下的感觉，他人处长长、处长短的喊声不绝于耳；而今鸦雀无声，从前煊赫的气势没有了，内心有诸多不顺、不习惯，于是他要求太太每日上街买菜前必须开列个清单，把要买的萝卜、青菜、番茄等开列清楚，然后他大笔一挥，签上大名和年月日，太太方能上街买菜。

是不是真有这样的人，不得而知，这处长大人的行为的确令人哑然失笑，也就成为人们茶余饭后的笑谈，但他在职时，位高权重，俨然是一位大爷，退休后失落的形象跃然纸上。虽然说，无官一身轻，但不是人人都是这么理解和体会的，有人觉得身轻之后，无处发号施令了，钱包也变薄了，阿谀奉承、吆喝之声也没有了，就会觉得诸多的不习惯和不方便了。

因此，退休之后要能快乐安享晚年，恐怕要少些名利的牵缠，多些豁达和洒脱，没事时邀三五好友聚聚谈谈，或到茶楼喝茶聊天，彼此知心知肺，百无禁忌，无所不谈。大家挨得几十年，在艰难之中走至耄耋，最重要的是平时多聚聚，没事斗斗嘴、搓搓牌，也是极为快乐之事。

记得前些年，有一次大学老同学聚会，由于十几年未见，那激动、兴奋的场景至今难忘。想想也是，当年大家几乎都是从农村出来的，全无背景，穿的单衣单裤，带几件洗得发白的厚衣服，来到大学校园，艰苦朴素，认真学习，也是有时要打闹，这样过了 5 年，终于学得了专业知识，懂得些人生道理；到了社会，如今闯荡十几年，虽然没有惊天动地的大成就，但也能胜任工作，各自成家立业，自给自足，应算是一大业绩了。因此，在退休以后安静下来，会更加怀念那青春年少时，彼此真挚、相亲相爱的感情，此时彼此要说的话，恐怕三天三夜也说不完，一位奶奶级的同学说，以后我们每年聚一次。老同学，老同事退休后聚会也是一件极为快乐的事情。

当然，很多退休老人忙于带孙，因此在公园、广场、左邻右舍，教授带孙、演员带孙、大干部带孙，比比皆是，这也是一件很快乐的事，每天面对稚嫩、天真的小脸，使你没有了忧愁，乐呵呵地去过每一天。人们常说，孩子是上帝赐给你的一张存单，虽然账户不是你的，密码你也不知道，你就只管往里存钱，什么时候可以取出来享受，那就得看它的主人了，纵然没有指望，也就当作奉献，也是心甘情愿的事情。

所以，我们说，老年人有老年人的风景，退休后，这道风景会变得更加亮丽的。青春是美丽的，但它也会随着时间的流逝而消失，但是，青春的心境是生命中一道不变的风景线，一个人衰老不是从老年，或者从退休开始的，如果你对生活厌倦、失望、冷漠，那说明你的衰老真正开始了。人们常说，人老了才是福，人老了，身体健康，家庭和睦，儿女孝顺，这就是幸福。

退休了，没有喧闹，没有吹捧，没有鲜花，没有掌声，但你可

148

以随心所欲，想吃就吃，想穿就穿，想睡就睡，想玩就玩，没有人指责，不怕人嗔怪，一切随自己喜爱而为，这种资格唯有退休才有。

退休了，应该很好地养心，而最好的养心是"放下"，放下恩怨，放下名利，放下焦虑，放下忧愁，何时放下了，何时就会一身轻松，只有放得下的人，才能活得踏实，活得洒脱，活得快乐，活得长寿。

要记住，年龄只是一个符号，退休是一个新起点，这一切都由心态所决定，人过七八十不算老，如果你思想颓废，自信心丧失，精神不振，意气灰冷，纵然芳龄二八，又能如何？还不是与垂老无异！

希望你年届古稀之时，仍能理想高远，思想前瞻，热忱不减，自信满满，精神乐观，心灵大度，祝贺你，你就是处在青春荡漾、风华正茂的年龄。

十一、朋友圈里的另类世界

　　微信朋友圈就是一个另类世界，它会带你观察到这大千世界中的不一样的人和事，它使你懂得许多人情世故，教会你许多做人的道理和如何养生的知识，等等。

　　朋友圈的朋友来自五湖四海，有老同学、旧同事、亲朋好友，自己的师长、学生，以及平时办事来往的朋友。在这里，几乎大家都有一个爱好——喜欢晒，晒生活中的各种美好。比如，好玩的地方，好看的东西，有趣的故事，以及各种逗人发笑的图片或作品，甚至有人在茶楼上点了一个靓汤，也拿出来晒一晒。

　　我是比较爱好旅行的人，所以特喜欢看朋友们有闲情逸趣地游玩在水系山峦之中，享受心灵中不一样的快乐。人生路漫漫，你能放下一切，从容地踏上旅途，也能体现你对人生的一种态度，即一种悠闲的生活姿态，也是一种体现人生价值的方式。我们每个人都不妨放下匆忙，从容踏上旅程。

　　去欧洲旅行，来到巴黎埃菲尔铁塔前，虽然由于时间关系，未能登上那塔，但还是执意在广场上，背对着那塔，装模作样摆个姿势，照了张生活照，说明自己也曾经到过那地方，发到朋友圈，肯定会投来许多赞许的目光：啊，到那么远的地方去，埃菲尔铁塔，很不错！或许会获得些许点赞。这样，众人赞许，自己也扬扬自得，何尝不好！

我更喜欢行走在山涧清流中，特别是有流水、有小溪的地方，我觉得特别美，往往会多拍几张照片。在那里特别静，人在其中歇歇脚，平静一下一路奔忙的心，你会觉得特别的清爽，回头看看在那名利场上奋斗几十年，现在一切都归于零了，没有负担，没有牵挂，只有安闲和静寂，山高水流，流水潺潺，多么美妙的风景，正是在这万水千山中行走，颐养了胸襟和心性，让山水进入怀中，让生命为之振荡，这是一次心灵的洗礼。

在朋友圈里旅行的你，眼随景移，心随景动，你在观风景，别人或许正在千里之外看你，如有同感，还时不时给你点个赞，写上那么几句赞许的话，或许人家有点奉承，但你心里受用。记得2017年暑假，我们一家坐高铁到了黄山脚下，先是参观了宏村、呈坎等古村落，后来又在细雨蒙蒙中登上了黄山。从黄山下来，又坐高铁到了杭州，入住西湖国宾馆，那是许多大人物，包括一些外国元首住过的地方。一天早上，我很早就到了苏堤，32年前我因公差到杭州开会，那时游过西湖，并在苏堤的一张铁靠背椅上照了一张相，于是我与外孙女等人，在苏堤上寻寻觅觅找了半天，企图找到当年照片上我坐过的椅子，结果大失所望。虽然没有找到当年坐过的椅子，但一家人还是其乐融融，把此事发到朋友圈，有朋友在说，一家人在外旅行，也是不一样的家庭团聚。

俗话说，读万卷书，行万里路。其一层意思是说，读破万卷书，可以学得知识，走遍千山万水，也可以获得博大的胸襟与闲适的心情；还有一层意思是，大自然也是一本一本的厚书，走遍天下，可以从中观赏许多风土人情，学得许多知识和人生哲理。纸上得来终觉浅，绝知此事要躬行，每一次的旅行，都是在荡涤你的心灵，路途上的许多如画美景，使你越发震撼，往往在此时，才更体会到大自然的伟大与广博，认识到自身的卑微与渺小，就会越发感激能在这苍天大地里的旅行，以及能有这旅行的荣幸。

在广州城里，有许多木棉花，这是广州的市花。每到春天，木棉花盛开，在高耸的木棉树枝上，挺立着一颗颗鲜红的木棉花，漂亮极了，满树的红，几乎堆不下了。在大树的周围总有许多人围在那里观赏，微风一吹，可能就会掉落下一两朵木棉花，许多小孩甚至大人就会赶快去捡拾，拾回来晒干后煲汤，是中医推荐的祛湿良药。在这观赏的人群中，就有本市的人，也有来旅游的其他城市的人。而有一位朋友，每年的春天都会带着一家人开上车，来到一个县城，那是一个油菜之乡，铺天盖地的油菜花，黄灿灿的，无边无际向天边延伸，他带着老婆、孩子，在那油菜花地里奔跑，与孩子捉迷藏，时不时闻一闻那新鲜、香郁的菜花味道。正是乡下人到城里看木棉花，城里人到乡下观赏油菜花，各有所爱，这是又一道另类风景。

刷刷朋友圈，还可以学到一些医学养生的知识，以及保健的原理，特别是我们上了年纪的人，往往对这方面特别感兴趣。我的朋友圈里有一位高中同学，大学里读的就是医学，由于专业的缘故，他时常会发一些诸如中医 100 种靓汤配方、破解长寿秘诀、中老年用药指南等；有时还有一些家居小常识，例如防蚊、防蟑螂的小窍门、厨房油污的清理方法等，我觉得这是刷朋友圈的意外收获，这些知识实用、方便，还不用花大钱，培训费也全免了。

旅行和朋友圈结合是绝妙的事情，哪怕你在千里以外，你一刷朋友圈，我就可以看到你风尘仆仆，登山或赏湖海的情景。古人有"父母在，不远游"的训诫，其实，那是古人受到许多先天条件制约或客观因素局限得出来的信条，张骞骑着骏马，历经多年才到西域，而今坐上高铁，最多一两天可以到达，一两个星期就游个够了；徐霞客穷尽一生，凭着双脚走遍中国大地，写成了《徐霞客游记》；今天不论你到哪里，你都可以随时随地，并成功把看到的东西报道出来，是那么生动、活泼和真实。

有人说，爱发朋友圈的人都是闲人，是无所事事的人，其实不然；是的，刷朋友圈是要有一点时间，但这也是长知识、增进了解、向大千世界学习的一种方式。刷朋友圈的朋友来自五湖四海，每天都会有大量的、各种各样的见闻和知识送给你，你可以安坐在家中、办公室等，细细鉴赏这些信息，何乐而不为？到了你出去旅行的时候，你也与各地的朋友共享见闻，所以这是一个互相帮助的过程。

到广阔的大地上去行走吧！赶在你还能动的时候，旅行是对天地之书的阅读，只要你身体尚可，去远行，去探索，一定会有收获的。把大自然这本书读得更高层次和更高境界，不论是烈日炎炎的白天，或暮色苍茫的黄昏，或是月白风清的夜晚，都有不一样的风景，都有可以让你陶醉和激动的地方，那时你也可以随心所欲地发微信朋友圈，相信许多亲朋挚友在看着你，微信有风，千万里之外，朋友们都会感觉到你那随风飘来的真言、词语，感觉到你那激动的心情、心跳和呼吸，肯定的，他们也在那里默默祝福你，祝你旅途愉快。

十二、情理之中，意料之外

春节后几天，我和妻专程回故乡去，一是拜祭先祖，给父母扫墓、上坟，二是顺道看望亲人。第一天是给我父母扫墓，第二天在县城与妻的亲人集合，准备给岳父母扫墓。妻有姐、姐夫、兄、嫂，还有两个妹妹及妹夫都住在县城里，由于岳父母的墓地在老家的山上，山较高，又陡，加上下着小雨，因此妻子的兄嫂姐姐姐夫决定不去上山祭扫了，我也留下来陪他们在县城的家里，等待其他人回来。

上午 11 点多了，去上坟的 10 多人，主要是妻和其妹妹、妹夫以及众子女都回来了，我说，现在也快中午了，我请大家吃个饭，我们在一起好好聊聊天。大家都表示同意，议论了一下，认为就去附近的石泉饭店吃饭。这家饭店离我们集中地很近，而且以前也曾去吃过饭，觉得还不错，在县城虽还算不上高档的饭店，但店面较大，而且整洁，楼上楼下除了大厅还有很多房间，菜色也可以，以本地菜为主，还有那松子鱼、清蒸鲩鱼都很好，是妻的姐夫及哥嫂都喜欢吃的两样菜。

正当众人都很高兴时，妻兄的孙女小洁大声说：“不去，石泉不去！”

此时我犹豫了一下，也不知为什么，小洁有十七八岁，从技校毕业才半年多，现在在县城一家工厂当技工。后来，转而想想，一是现在年轻人活动多，说不定工友们或同学有约会，不去是有原因的；二是我们这些人都是老人家了，5 对夫妇合计都 700 多岁了，跟我们去吃饭、聊天，的确没意思；三是这样的普通聚会、吃饭，是可以不去的，我自己也是这样，平时如遇到一般宴请、聚餐，可去可不去的，我都不去，宁愿自己在家里煮面条，20 分钟有的吃了。上述三条，无论哪一条，小洁说不去，都有其道理，因此是情理之中。

此时，只见妻兄在追问其孙女：

"为什么不去？你姨婆、姨公请的客，你都不去？"

"宝丰我就去，石泉我就不去！"小洁很干脆且坚决地应道。

啊！原来如此，这宝丰宾馆是本县第一家五星级酒店，如今全县已有 3 家五星级的了，此宾馆在县城的南郊，离我们集合的地方约有 15 公里，要去肯定得打车去，当时也就是考虑到我们都是老人了，别去那么远吃个饭，而且是五星级酒店，吃饭很贵就不用说了，我们这些老人，年轻时都吃过苦，今天虽然生活改善了，正如姐夫说的，不是吃不起，而是觉得不值得那么吃。

小洁的一番话，又使我大有意料之外的感觉。是的，而今生活的确很不错了，就小洁一家来说，爷爷、奶奶、父亲、母亲以及她姐弟四人，一家八口，生活其乐融融，靠她父母做糖烟酒及日常百货的零售，的确赚了不少钱，买了现在住的楼房，楼下就是商铺，去年还在新开发的碧桂园买了一套房，这姐弟四个，在县城上完小学、中学，都分别考上了大学、技工学校等，这跟其父母刚从农村来到县城摆地摊过日时的情景，真是天壤之别了！

可是，对于小洁来说，目前刚从技校毕业，还是打工族吧！为什么就这么阔气、这么坚决，非宝丰不去呢？你家里是有些钱，但那毕竟是父母赚的呀！当你再过几年，为人父母时，为儿女操劳，为一日三餐忙碌时，该如何操持一个家庭呢？

此时，我转身向妻兄笑着问道：

"您看如何？去哪里好？"

妻兄也是个明白人，自小也吃过很多苦，从小目睹了父亲的艰辛，靠当苦力，给人担货换点工钱，才能买点油盐等家用，平时他是很节俭的人，现在住在县城，跟儿子、儿媳住在一起，衣食无忧，但一年到头很少有几次到饭店，或到街上去吃饭，都是在家里自己买菜、做饭，宝丰宾馆怎么样，他自己也没去过，不清楚，但他知道那是全县最好、最贵的酒店，听说住一晚上要上千元。因此，他听了孙女的话，十分生气地说：

"小洁，你是不是很有钱了？真是无规无矩，你看你姨公，大学教授，知识比你高，钱比你多吧，人家多朴素，穿得也很普通，你看你花枝招展的，一点都不懂得珍惜。"妻兄停了一下，又转过头对我说："就在石泉饭店，都很不错了。"

"你不去吃，就在家里吃，不要身在福中不知福。"妻兄又再次训斥了一番。

妻兄这么一说，我也不好意思说什么了，就说：

"算了吧！年轻人与我们老人家不一样，不能用我们的标准去要求他们。"

后来是小洁独自在家里，我们去石泉饭店吃饭了，至于小洁在家里是煮面吃还是到街上小摊去吃的，我不知道，不过她肯定不会自己去宝丰吃饭了。

吃饭的时候分为两桌，妻子五兄妹及其各自配偶共 10 人一桌，其余是子女及孙辈们共 11 人一桌，为了各得其所，在点菜的时候，我们老人家多点了鱼类、豆腐、海参等，年轻人就多点了些肉类，那天中午，还吃得很不错的。

吃饭到了尾声的时候，姐夫又提起小洁的事情，他叹着气说："现在后生仔、后生女，真不知在想什么，也不知道今天的幸福是怎么得来的，我们都是从农村搬到县城来的，小洁的父母亲为赚点钱，没日没夜，他爸爸骑着单车去进货，有时还到几十公里外的地方去买货，经常早出晚归，她母亲摆地摊，经常要守着地摊，三餐也没有个定时！这些小洁他们都忘记了。"

"哥，你要把小洁父母的奋斗史给他讲一讲。"妻说。

妻兄一边喝茶，一边摇头，说道：

"讲啊，讲有什么用？人家嫌你老人啰唆，还没讲完，她就说了，知道了，知道了，你都讲了 N 次了！"

不去外面吃饭，或许有其理由，是在情理之中，但对于刚出来工作、每月还要父母支援点钱供自己花费的，都要求到全县最高档的酒店吃饭，未免太不近人情，不懂得父辈的艰辛付出了，年纪轻轻，且经过学校教育多年，才出来工作不过半年多，竟有了此想法和要求，的确出乎我的意料之外。

十三、别把自己看得多么了不起

一天黄昏后，漫步在校园里，刚好遇见好久不见的何教授，寒暄几句，何教授语气中带点高兴地告诉我：

"我们学院的那位领导下台了，你知道不？"然后，他说出那位领导的名字，并问我："你认识他吗？"我回说："并不认识，不过听说过他的名字。"

"此人太不像话了，简直没有人格。"他颇为愤愤地说，"当初，我们千方百计为他争取了教授，并且推荐他当上学院领导，可他刚上台不久，真面目就露出来了，以前谦让有礼，全是装的，现在目中无人，听不进老教授们的意见，排挤打击与自己有不同意见的老师，甚至这些老师的研究生也受到不公正的待遇，把一个团结气氛很浓的集体，搞得分崩离析，甚至利用权力，重用、提拔吹捧他的人，在他的操纵下，以不完成工作量为名，除名了两位年轻的老师，而他自己，这些年没有著作，没有重要文章，搞得单位也没有很大建树。"可以看出，何教授对于此人是十分痛恨的。因为与何教授也是熟人了，因此，我有意问道：

"这还不是你的过错，是你极力支持他，推荐他上去的，那时你还跟我说过他人不错呢，既知今日，何必当初？"

"这怪我瞎了眼，看错了人，不过此人也太会装了。"何教授即便承认看错了人，也为自己辩护几句，"我们给他的表面功夫蒙蔽了"。

离开何教授，我不禁感慨万千：这世界怎么了，竟然变化得如此之大！何教授也是快退休的人了，他曾经当过系里的领导，是一位学术成绩突出、德高望重的学者，他为人也忠厚、老实，很受老师、学生尊重，我虽不认识他说的这位学院领导，但他当时曾不止一次对我说过，该人是如何有能力、有干劲，如今却是一个不受人尊重，众人对他敬而远之的人，据说下台后到原单位，在走廊上人来人往，没有一个人与他打招呼。据说在该人下台后，一些年轻人想买鞭炮来学院门口燃放，后来有人警告，燃放鞭炮要罚款，还要处分当事人，此事才作罢，可见大家对该院长所作所为的怒恨程度。

由此事我不禁想到，人活在世上，需要创造、修养自己的人格，这样才会得到尊严，受到人们尊重，特别是要做到这样几点：

一是，不要太高看自己。我们知道一个人在上山时与下山时的感觉是完全不同的，俗话说"上山容易，下山难"，因为下坡，可以省力很多、顺利很多，这时稍不控制，就会增加速度往下冲，似乎脚下生风，能够很快到达山脚；如果不加控制，就会因收不住脚，很可能从山坡上滚下去，摔得鼻青脸肿的。因此，有经验的爬山者会告诉你，下山时，顺了反而要慢一些，要收住自己，你不要以为自己年轻力壮就可以忘乎所以。

一个人做事、对人也是一样。当你很顺利时，比如顺利提职称，顺利提拔到一个好单位，顺利得到一笔生意，顺利娶上媳妇，等等，你都不应该高看自己。特别当你在顺境时，得到某些方便或某种特权时，千万不要以为自己是多么了不起，要知道，山外有山，人外有人，每个人不管其能力如何强，都有其短处，在审视自己时，应多看自己的短处，在观察别人时，应多看人家的长处。不要以为自己升了职、当了领导，就多么了不起，人家笨一点，能力低一点，但是也有其长处。曾国藩说过："天下至拙，能胜天下之至巧。"

二是，做人不要太炫耀。一个人不管你是贫是富，是领导还是平民，高学历还是没有学历，都不应该炫耀自己，不以学识、才华、豪华车子、大房子或者单位的一把手来炫耀。古语云"天不言自高，地不言自厚，水不言自流，人不言自能"，你有能耐、有魄力，做出了大事，人们自然会看到，显摆了有时会适得其反。记得到新西兰旅游时，有位青年团友十分喜欢吹，一路说他到过的国家如何美、如何大，一到新西兰，他又说，你们看人家的草坪多大！旁边一位老者纠正他，不叫草坪，是草原，是呀，你有多少学识，肚子里有多少墨水，人家从你三言两语就可看出来，不必那么大张旗鼓地显摆出来。大家知道，雄性蝉鸣是为了求偶，古希腊诗人萨拉朱斯风趣地说过："蝉的生活多么幸福哇，因为它们有不会开口的太太。"幸福不幸福，蝉儿自己知道，事实上蝉的卵期长达10个月，孵化后就开始漫长的若虫生命期，名字就是知了，知了要在土壤中待3年至5年甚至更长时间，好不容易熬过了黑暗的地下生活，在夏天某一个晚上蝉的幼虫爬出地面，攀上枝丫，迎接它的华彩乐章——羽化，从那老皮中展开薄透的双翼，倒排在枝丫上。这时翠绿的身上发出金色的光晕，并用腹部鼓膜发音器发声，闻声而来的童子就会用捕蝉竿加上粘胶，轻易把它捕获，或许没有被捕获；但是受到碰撞等干扰，也会落得终身残疾，无法发声，孤独老去。因此，有人说，蝉儿太炫耀自己了，引得被童子捕获的结局。太张扬，唯恐天下不识君，终究没有好下场。

俗话说"富贵花间露，荣华草上霜"，荣华富贵皆不能长久，而一个人的人格、信仰、尊严又何尝不是！你不珍惜，不爱护，它随时都会遗弃、失去，不是说你不努力也是永久属于你的。你太顺的时候，升了职称，当上了领导，或者你做上一笔大生意，如果你没有自知之明，在众人面前太过炫耀自己，或进一步以权谋私，最终人家也会离你而去，离倒台之日也就不远了。

三是，不应打击报复与自己意见不同的人。高看自己的人，爱炫耀自己的人，往往喜欢听奉承的话，身边就会聚集一批拍马屁、吹捧你的人，这时只要有人提点意见，或说些不同看法，你就会把这些人视为对手或敌人，就会想尽办法去回击、报复这些人。何教授说的那位学院领导就是其中之一，这位领导把人家善意的批评，当作是有意刁难他、攻击他，因此，在学院的职称评审中，找出种种原因不给人家升职，甚至对这些人所带的研究生的毕业论文答辩也假公济私，打电话给一些评委，要求不给通过，等等，这也是何教授对他深恶痛绝的原因之一。

这是一个人的修养问题。就是说一个人，特别是一个单位的一把手，绝不能把与自己看法、观点是否一致作为喜欢与憎恨的标准，正如唐代马总《意林·昌言》中所说："同于我者，何必可爱；异我者，何必可憎。"

四是做人、做事要出于公心。大凡认为自己多么了不起，喜欢炫耀自己、打击别人的人，都是私心杂念太重，时刻考虑的是个人的名誉、地位和利益，由此他就要抬高自己、贬低他人。《韩诗外传》说道："君子不以私害公。"作为一个领导者，处处考虑的是自己，那你的言论、做法，肯定会贻害公家，在一个单位掌权，必然造成人心涣散，事业无成。有一些单位，原来是团结、奋发、很有战斗力的集体，但自某领导上台以后，由于其本人私欲太盛，很快这个单位就垮下去了，这就是"私心胜者，可以灭公"（宋朝林逋《省心录》）的道理。

有些单位虽不大，但搞不好，其一把手许多时候不是检讨自己无能、自私，而是埋怨下面职工不听话、不服管，这样的一把手，无论如何也不能把大家带领起来，团结一致去干事情。你要人家服你，首先你要有一个"公"字，正如清代张伯行《朱子语类辑略·论治道》中所辑理学大师朱熹的话："官无大小，凡事只是一个公，若公时，做得来也精彩，便若小官，人也望风畏服；若不公，便是宰相做来做去，也只得个没下梢。"

因此，做人，特别是一个单位的领导者，千万不要把自己看得多么了不起，山外有山，人外有人，低调做人，谨慎做事，是一条颠扑不破的真理。

一个人不过是社会的一分子，虽然你升了官、提了职称，千万不要觉得自己多么了不起，变得目中无人，你把自己看得多么能干、有本事，最终必然落个身败名裂的下场。

十四、愿你从容

这是一个快节奏的时代，快得让人窒息，无法好好喘口气，人们好像被裹挟着匆忙往前赶。前此日子遇见 K 君，好些日子未见面了，他也明显憔悴很多，几乎不修边幅在赶路，我跟他打个招呼，见到我，勉强停下来寒暄几句。

"还是忙？不要累坏了，要注意身体。"都很熟的人，我就直接劝他别再那么拼命工作了。

"没办法，你知道，压力大呀！上课带硕士生，基金项目要完成，地方又接了几个项目。你说能不做那么多吗？我要升教授呢！身不由己，身不由己呀！"

K 君似乎无可奈何，反复强调是身不由己。的确，我们所见的城市里许多人都是来去匆匆，生活、交通、上班、消费、人际，都体现一个"忙"字。在公交站，大家伸长脖子看车到了没有，车一靠站，人们蜂拥着挤上去；在地铁站，步履匆匆的人群，拖着疲惫的身体，一副呆滞麻木的表情，仿佛人世中一群忙碌的蝼蚁，从他们的面部表情，可以看到的是怀揣着一颗焦灼浮躁的心。许多时候，人们坐车、乘飞机怕迟到，下班接小孩也生怕迟到，升官、提职称怕错过了机会，总之，天天都风风火火的，没有个消停。

难道真的如 K 君所说身不由己吗？这一说法本身就是问题，难道你可以放弃自己的身体而被外界因素所支配吗？人应该学会爱惜自己，台湾美学大师蒋勋先生说："忙，即是心灵的死亡。"大家都说忙，你忙着没有时间陪伴父母说句话；忙得没有时间带儿女去公园一趟，忙得没有时间外出旅游，甚至没有闲情读一本书，品一杯香茶或咖啡。

这一切都源于你没有学会坦荡地拒绝别人给你的事情。你把自己压得喘不过气来，把自己折磨得不堪重负的真正原因是：你没学会让内心真正变得自由、从容。你只要活得轻松、透彻，把事情搞透彻了，你就会想，这趟车赶不上，就下趟吧！这次提职不成，下次再争取也不迟，就是永远不被提拔又如何，工作就是一份职业而已，有我自己的喜好，就会有人生的幸福快乐。

年轻时不容易从容，大致是许多人什么都想要，但往往要得没有重点，或者不根据个人条件、客观情况而盲目地想要什么，于是内心焦躁、行动忙乱。但随着一个人的成长、阅历的增长，就会明白许多事情，人生中什么是最重要的、值得争取的、可能得到的，什么是你去争取也得不到的，或都根本就不值得去争取的东西。

所以，我们平时应该做到"四问"：急什么？赶什么？忙什么？值得吗？回答清楚这四个问题，你就能做到不急、不慌、不忙。人应该学会等待，清朝金缨在《格言联璧·接物》中说："事有急之不白者，宽之或自明，毋急躁以速其戾。"就是说，事情有急迫不能明白，缓待时日或许自然就会明白，不要急躁以免加重事情的乖张。人应学会忍耐，大千世界，许多事情往往不是你所愿、你所求的那样，许多事一时办不成，或不是你想象中那么顺利，那就要忍一忍。记得前些年到俄罗斯旅游，一下飞机到入关口，是当地时间上午 11 点了，入关处有 3 个值班窗口开着，此时每个窗口都有一二百人在排队，后面我们这架机下来有一二百人，也在往前挤，导游跟我们说，俄罗斯人是慢性子，大家要耐心等待过关。才 11 点左右，怎么就交接班了呢？难道俄罗斯人一天工作 3 个小时？众人不解，只见值班的玻璃窗里，接班的俄罗斯大姐把窗户拉下，在里面抹桌子，此后再整理桌上的资料、本本，再慢条斯理地打开电脑，并对旁边坐着的一位同事笑笑，小声说着话，似乎就在家里拉家常一样。看到这大姐不紧不慢的情景，排在前面的好些中国人按捺不住了，其中一位中年男子趋前去说："你这样的工作态度，应该把你炒掉！"他手指着玻璃房里的大姐，可是人家不理，也可能根本听不懂那男子说什么，照样在聊她的天。排在队伍中间的一位中年妇女，在旁边走来走去，不停地叫嚷骂着："鬼妹子，鬼妹子，不像话，人家排那么长的队，你也不看一看。"导游在前后走动，不断说服大家要有耐心。的确也是的，旅途一切有人安排，迟一两个钟头又会怎么样？急什么呀！

许多时候，对待一件事的态度，是与人的心境有关系的，要从容，就要有好的心境。2017年春节，我们一家是在苏州过的年，年初一我们很早就去了拙政园，以为大清早可能人很少，到了就马上可以进园参观了，可怎么也没想到，从拙政园入口处到外面街道上，足足排有一二百米长的队伍，还未到8点的开园时间，但队伍非常安静，两排人在街道一边的人行道上排着，公交车、小车在道路中间走。此时，我们倒有点不耐烦了，这么长的队伍，什么时候才能进去参观？不过没办法，也只得跟在队伍后面等着，此时，在队伍的中间走出来两位老奶奶，带着一个小女孩，走到对面的人行道上，一位老奶奶拿出个录音机，放起了《小苹果》的音乐，然后两位老奶奶带着小女孩在那里跳起广场舞来，我们这边排队的男女老少，眼睛齐刷刷地投到那边，一些路人也停下脚步，在远远地望着，为什么她们会有如此好的心境？不急不躁边跳舞边等着进园，这不挺好吗？你急也得等，你悠闲从容也是等，又何必急呢？

我有一位好友，喜欢旅游，走南闯北，全世界走了许多地方。他介绍经验说，出门在外，什么情况都会发生，有时到了旷野，遇到交通事故或车多时，经常会在路上堵上一两个钟头，此时你怎么办？他说，此时我会自己找乐子消遣一下，在车上可以观赏村寨、果林、山脉、梯田或青青草地，就当作参观田园风光吧，此时会感到释然。有次我们在一处山寨边堵车了，听说前面出现交通事故了，正在等待处理，我们大巴也动不了，此时我看窗外的村中有牛棚，里面圈着牛，池塘里有许多鸭子，成群结队在游戏，晒谷场上晒着稻谷，金黄一片，多美的农村景象！这正是我小时候经历过的一幅图像，我望着这里就想到了儿时的景象，池塘边的那个小孩子正在扔石头赶着鸭群，那似乎是当年的那个我，心里感到无比的兴奋和坦然。突然，我看到晒谷场上有个少年，正在用木制的耙子翻动谷子，他那个动作太笨拙了，也不对呀！不要把耙子举得那么高，旁边有个妇女也不教一教他，我估计他是一个小学生，正是暑假期间，来帮大人做点事，也是玩一玩。我当时很想下车去，到晒谷场教他一下，但又怕车开走了，因此打消了下车的念头，我一路记着这个小学生高高举起晒谷耙子的动作，后悔没有时间教他，纠正他的动作。

这就是另一种从容，无论遇到什么情况，都能淡定应对，从中也能找到自己的快乐。

但是，要做到从容，需要经过许多磨炼，从挫折甚至失败中取得真经。一个人，他的从容是无法装扮出来的，那是经历人生的许多历练后的淡定，是饱受沧桑后的睿智，是无数沉浮后的处变不惊。

只有洗尽一身铅华，才能做到不炫耀，不张扬，不懊丧，不浮躁；或者你是一个学识过人、灵魂丰盈的人，才能真正做到从容做事，快乐做人。

十五、如何才能长寿

这可能是永远无解的一道题，随着人们生活水平的提高，研究养生、长寿的人越来越多，随之而来的有关养生、健身的门道也层出不穷。

主张运动的人认为跑步、走路是最好的健身运动，是所谓有氧运动，于是主张跑步要达到每天 3—4 公里，走路最少要达到 1 万—2 万步以上，认为这样才够运动量；也有人主张打太极拳、练瑜伽；还有人主张练五禽操，就是仿照猴子、猪、狗等动物的动作，在地上用四肢行走，越秀山的金印游乐场的一条水泥路上，每天都有一二十人，多时几十人在做猴子行走，他们双手戴着厚厚的手套，四肢着地，缓慢地往前行；更为奇葩的是撞树运动，在广州市滨江东路沿江一带，经常会有一些中年壮汉，站在大榕树下，赤裸着上身，用腹部或背部或肩膀撞击大榕树的树干，许多时候见到那肚皮上、背部的皮肤发红，有的皮肤还被树皮剐得由红变紫，但见他们乐此不疲，没有一丝痛苦的表情；至于还有各种花样的运动，比如跳绳、抽鞭子、练武功以及跳广场舞、唱歌等，那就更多了。

但有人对运动却另有看法，认为五六十岁的人，宜静不宜多动，有人甚至搬出骨科专家的观点：平时运动不多的人，突然走上 2 万步，会对心血管系统和运动系统造成太大的负担，可出现关节韧带、骨骼损伤；还有人认为日行 2 万步可伤膝盖，3 万步走伤大腿骨，并举例说，杭州市刘先生每天走 1.5 万步以上，不到一星期就患上膝关节滑膜炎了。

你看，仅对于运动，就有完全对立的两种看法，弄得旁观者不知如何是好，动还是不动？

再有一种是所谓的食疗养生。就说保健品吧，其名堂之多、功能之广，简直令人目不暇接，什么补心肺的，补腰肾的，健脾胃的，补脑的，应有尽有。人体有什么器官，这些器官有什么毛病，就有相对应的保健品。如今似乎全社会的人都在讲保健品、吃保健品。有的老人，年纪大了，退休了，此时往往有点小毛病，加上退休金还可以，就会大买特买，花几万、十几万甚至几十万去买这些保健品，这样上当受骗的大有人在。说的是可以延年益寿，实际上真正能强身健体、能治病的少得可怜，害得许多人人财两空。

还有一种另类的养生，就是针对某种疾病的所谓饥饿疗法。有的坚持不吃晚餐，或者星期天不吃饭，说是可以饿死癌细胞。有的说一星期有一两天不吃是清理肠胃，也有为了减肥，降血脂、降胆固醇等而不吃晚餐的，但是，又有人质疑了：不吃饭可以饿死癌细胞，那正常细胞就不死吗？

总之，这些年来，由于生活水平提高了，人们追求更高的生活质量，追求长寿，是无可非议的，但这五花八门的养生诀窍、种类繁多的保健品和保健药品，几乎使人无所适从了。有一位朋友是一名经验丰富的药剂师，他说："这一辈子真是白活了，到头来不知道听谁的了，真不知道怎么养生了。从 20 多岁直到退休，我都与中药打交道，过去有个头疼脑热，自己配个方子，抓几剂药煎了，吃了就会好起来，如今吃得多了，反而蒙了，名堂很多，有的功效又吹得神乎其神，反而束手无策了。"

"大道无道，大养无养。"其实，一个人怎么动、怎么静，吃什么、怎么吃，应该说与个体的素质、习惯、机能密切相关。北大哲学系有篇文章介绍说，该哲学系的教授们大多不爱运动，有些是一坐几十年，从家里到办公室的上班下班（家都在学校里）是主要运动，几乎再没有其他什么活动，更不要说运动了，但大多活到 90岁以上，这给主张多运动、运动量要达到多少多少才适合的人，提出一个很大的疑问。

怎么养生？怎么才能长寿？可能是一道永远无解的题。前些年，一位著名的老中医介绍他长寿的秘诀，说到他90多岁了，身体很好，耳聪目明，80多岁还出诊，他文章的题目就是《不用吃素、不用跑步》。他说："我整天要出诊，忙得很，根本没有多少时间运动，平时也不用跑步，再说我这么忙，不吃好一点，怎么有精力去出诊，怎么能一天坚持十几小时的工作？"

前些年，广西玉林做过一个调查，叫"万岁调查"，即是调查100位100岁以上的人。后来一些生物学家、营养学家、医学家都参加进去了，希望通过调查找出人们长寿的秘诀。结果还是没有一个明确的结论，这100位寿星中，可以说各种活法都有，形形色色：有爱运动的，有不爱动的；有一辈子不干活的，有一辈子干重活的；有抽烟、喝酒的，有不抽烟、不喝酒的；有爱吃肉的，有一辈子吃素的；有脾气好的，有不多吭声的，有灾难不断的，有家里一辈子和谐、幸福的；有一辈子不结婚的，有结婚三四次的；有一辈子不生育的，有生了七八胎的。

最后，人怎样才能长寿，仍然没有一个结论。因此，不禁使人想起我国金融学家和经济学家、50岁改行搞汉语拼语、被称为"汉语拼音之父"的周有光老先生的长寿之道，他于2017年1月刚过完111岁生日，谈到长寿时他总结了五句话：一、人不是饿死而是吃死的，我从不吃补品；二、心宽寿长，遇到什么事情，我都不生气；三、生活越简单越好，从不乱吃东西，不抽烟，不喝酒；四、人到老年，我一直坚持"三不主义"即，不立遗嘱，不过生日，不过年节；五、夫妻生活要做到举杯齐眉。因为老先生的五句话没有说如何运动，如何养生或保健康，而他111岁高龄仍脑子不乱、眼睛不花，并坚持每天写作，一个月要发表一篇杂文。

因此，人生短暂，岁月悠悠，做事、成事不要强求，太强求了，就会累，就会烦。不如意事十之八九，人生应不求满分，只求满足；生命不求富贵，只求平安。生活要知足常乐，不要去比住房大小、车子豪气与否、长相美丑，一味去比或拼命追求，那一切的所谓养生都是徒劳的。

人生在世，一切顺其自然，可矣！

一个人短短几十年，会遇到许多麻烦事，会有惊涛骇浪，也有风平浪静的日子，如何对待，就是要有处变不惊的心态。一位朋友说："不要太当回事，今天再大的事，到了明天就是小事；你今生今世再大的事，到了阴间地府，留给人们的只是传说。因此要有大事化小、小事化了的心态。"

的确，人生在世，不要把金钱看得太重，一个人有了基本的生活必需，就应该感到满足了，其实除了生活必需，再多的金钱也只是数字了。

美国苹果公司创始人乔布斯临终遗言中说道："此刻，在病床上，或频繁地回忆起我自己的一生，发现曾经让我感到无限得意的所有社会名誉和财富，在即将到来的死亡面前，已经全部变得暗淡无光，毫无意义了。"

"现在我明白了，人的一生只有够用的财富，就应该去追求其他与财富无关的、更重要的东西，也许是感情，也许是艺术，也许是儿时的一个梦想。"

十六、童言无忌

　　下午4点多了，去幼儿园接放学回家的外孙女，回家的路上，我们要走过大学校园长长的一条校道，每天我都会与外孙女闲聊，问她今天幼儿园有什么活动、上什么课、老师有什么嘱咐，每次外孙女都会细细地道来。今天，还没等我问她，她就带着神秘而有些钦佩的神情说：

　　"公公，我告诉你，我们班有一位男生很厉害，他懂语法。"

　　"什么？语法？"我一时没反应过来。

　　"就是语法，懂得主语、谓语。并且他认得不少字，老师在小黑板上写了一句话，还叫他分辨主语、谓语。"外孙女得意地描述着，看得出外孙女是很佩服那小男生的。

　　"公公，你会不会语法？"外孙女问我。

　　"我当然懂啦，语法就是语文中讲句子结构的道理。除了主语、谓语，还有宾语、定语、状语、补语等。"

　　"那你敢不敢跟那男生比赛？"

　　"他要跟我比赛，等他大学毕业再说吧！"我也充满信心、得意地说。就在外孙女3岁的时候，为教她数数我曾经考她，我说一个人读小学要六年，初中三年，高中三年，大学五年，一共要多少年？她数了老半天，最后高兴地告诉我：一共17年，因此对于读书要很长时间，她是有些概念的。

　　"等他大学毕业，你都不在了。"外孙女突然说出了这句话，这时，我突然语塞，不知说什么好了。本来想说她不懂礼貌、乱说

170

话，但仔细一想，事实上外孙女说了句大实话，人生七十古来稀，虽然现在生活条件好了，医疗条件也先进了，但我毕竟也七十有五了，你说再过 17 年，会是怎么样？会在哪里？

人的生老病死是必然规律，毛主席于 1957 年在莫斯科接见我国留苏学生时说过这样的名言："世界是你们的，也是我们的，但是归根结底是你们的，你们青年人朝气蓬勃，正在兴旺时期，好像早晨八九点钟的太阳，希望寄托在你们身上……"还说过，"人不断地诞生和死亡，一代传一代，这才是马克思主义观点……"并且还感叹地说，"人生七十古来稀，七十三、八十四阎王不请自己去，哪有万岁的！"

外孙女可能没有这么精确的时间概念，但她知道，人会老，会走，是一定的，这还不是大实话？而且一个朦胧的时间概念，从牙牙学语，到今大概会计算，也是一大进步了。

对于小孩的一言一行，也是不必太过认真的。巴金先生在其《家》一书中，描述说，"老太爷因为觉群在堂屋里说了不吉利的话，便在一张红纸上写道：'童言无忌，大吉大利。'并拿出来贴在堂屋的门柱上。"我想，我还不至于也写张字条贴在大厅墙上，这老太爷虽然写着"童言无忌"，但心底还是有些顾虑的，因此才会写上大吉大利，来个自我心理安慰而已。

有一次在朋友的聚会上，一位奶奶讲起她儿媳妇与孙子的故事，真让人大开眼界。她说她儿媳的人长得不错，瓜子脸，皮肤白皙，头发长长的，平时扎成马尾辫，可是人爱显摆，平时总觉得自己长得比周围人都好看、都漂亮，有些沾沾自喜，在家里也是一样，当然不是说她道德有问题，只是虚荣心太重了，已经 30 多岁的人了，孩子也 4 岁了，这一点都没改过来。有一次，他们一家人正在看电视，她和儿子坐在沙发上，小孙子坐在小椅上，这时儿媳妇洗完头出来，头发蓬松，她正用大毛巾在擦去头发上的水珠，使头发更显杂乱，像一个大鸡窝，但她自己可能认为这样还很漂亮，就像出水芙蓉，因此找来椅子，坐下来看电视，此时她突然问小儿子：

"儿子，你看妈妈漂亮不，好看吗？你爸帅还是妈妈漂亮？"平时，妈妈对儿子很严厉，几乎是说一不二，而且时常会说，你爸难看死了，嘴巴又很大。其实，外人认为，孩子爸爸并不难看，而且还颇有男人气魄，身材高大，性格又好，俗语说，男人嘴大吃四方，有什么不好？这次妈妈突然问儿子，儿子可为难了，说真话，他心里认为爸爸还是很帅的，平时对自己又好，不但从来不骂自己，还买了许多图书、玩具给自己，但又不敢说真话，怕妈妈生气了训他。因此，他蹑手蹑脚地龟缩到奶奶身边，在他妈妈的一再追问下，才小声音地说：

"不好看，爸爸才帅。"

这一下妈妈生气了，大声呵斥说：

"你再说一遍？看我不揍你。"

儿子再也不敢说什么了，而当爸爸的坐在一边，笑得见牙不见眼，好久才打圆场说：

"你当真什么，小孩子说说又怎么了？当作没听见不就完了？"

"当作没听见，你说他懂礼貌吗？一点规矩都不懂，你当爸的还笑呢！"她赌气回房去了，奶奶说着，自己也乐了："你说，这什么大事？小孩说了几句实话，她就不高兴了，伤自尊了，真是的，现在年轻人也不知道怎么了！"

外孙女上幼儿园的时候，喜欢买零食和玩具之类的东西，当带她经过教育超市门口时就嚷着要进去买零食。有一天，买完零食走在路上，我对她说：

"桐桐，你不能老买东西，公公现在退休了，没有多少钱，你要懂得节约，将来没钱会很辛苦的。"

当时我觉得需要教育她一下，玩具买了玩一两次就丢在一边，家里清理一批又一批，也太浪费了。像我们的情况还可以，工资也不低了，要买就买，吃东西都不是问题，但小孩从小养成大手大脚、乱花钱的习惯对她成长是不利的。因此我特地说得严重些，想教育她一下。

172

第二天，我带她上幼儿园的路上，她很认真地对我说：

"公公，我将来要赚很多钱给你，家里才不会穷。"

我看着她那真诚纯朴和期待的眼睛，看着她带着对昨天乱花钱有点悔意的神情，我的眼泪几乎要掉下来，似乎看到外孙女长大了许多。但也有她幼稚、纯真的一面，这一点小孩子是不会掩饰的，前些天，不是还说他们大学毕业的时候，我都不在了吗？现在又说将来要赚很多钱给我，这不自相矛盾吗？

我想小孩子是直率的，或许也不懂得自相矛盾的逻辑关系，但作为老人自是应该淡然、宽容一些。你总不能因为人家小孩子说了不吉利或难听的话就生气，或写上"童言无忌"来规避一下；人家说了好话吉利话就满脸笑容乐开了花，何必呢？

十七、东风螺知道

外孙女上的幼儿园是在大学校园里，每天早上送去，下午接回，都要经过大学校园里的一条长长的水泥路。有一天，为了赶时间，我带着她走近路，这是一条比较小的、用麻石砌成的人行道，路的两旁是树林，树下藤本植物缠绕，杂草丛生，我们一边走着，一边欣赏周围的植物、花朵。突然，看见路上有一只小动物在动，走近一看，是一只东风螺，正爬在路中间，还在慢慢地移动着，我急忙招呼外孙女快来看，外孙女低头一看，忙说：

"是活的，活的，还会动。"

很显然，这只东风螺是从路旁灌木中爬出来的，它就喜欢生活在那里。这东风螺，全称应该是斑乐风螺，广东俗称花螺，还有叫海猪螺、南风螺的，呈长卵圆形，壳高 1－2 厘米，壳表呈灰色，外黄褐色表皮。此螺属软体动物，喜欢生活在海边沙泥或陆上阴湿地方，盛产于我国东南沿海，广东、福建、海南等地，已有大量人工养殖。该动物有昼伏夜出的习惯，一般白天潜伏在泥水中，夜间四出觅食，在陆上大多栖息于灌木丛中的水泥地里，今天白天还在路上，可能是饥不择食了。

外孙女用手去摸东风螺的外壳，觉得很好玩，不停地触摸它，这时我想用脚把它踢到路旁边的灌木丛中去，但外孙女突然大喊一声："不能动！"她蹲下去看了许久，我催促她："上学了，幼儿园小朋友都到了。"最后她说：

"它是有生命的，老师教我们要爱护动物，我要把它保护起来。"

怎么保护呢？总不能带它去幼儿园吧！想来想去，最后我说："我们把它移到这草丛中，它平时就生活在那里，好吗？"

最后，外孙女同意了，她小心翼翼地用她那小手的两个手指夹起东风螺，然后轻轻地放到路边的草丛中，才缓慢地走开，刚走出十几步，她好像又想起了什么，又折了回来走到东风螺旁边，原来她望见东风螺没有东西盖住，黄褐色的外壳露了出来，于是她又从旁边拾些枯草、树叶之类东西，把它盖得严严实实，看不见了才放心走开。

路上，我问外孙女：

"老师教你动物是有生命的，除了动物，还有许多其他东西也是有生命的，你知道吗？"

"我知道，还有树木、花朵、草儿都是有生命的，老师说不能乱折树枝、乱摘花朵，也不能乱踩草地。"

"那么，你做了好事，保护了小动物，可是老师、同学们都不知道你做了好事，没有人表扬你。"

"东风螺知道我帮了它就好，没人表扬也没关系。"

古语云："人之初，性本善，性相近，习相远。"从这件小事可以看出，孩子的天性是善良的，有学者研究认为，孩子的遗传基因就具备善良和体贴别人的天性，可以说，孩子从小就有关心他人、爱护他人的特征，在幼儿园、在学校有老师的引导，会发挥得更好、更完善。

外孙女在两岁多的时候，与小朋友们玩耍，大家在追逐、打闹，当有小朋友跌倒的时候，她会上前去扶他起来，看他哭了，她会摸摸他的头，以示安抚，就像大人一样关心着他。至于小朋友之间互相借玩具玩耍，更是经常的事，每当看其他小朋友有好玩的玩具，当然是十分羡慕，当人家借给她玩时，她会十分高兴，自己有的玩具，也会很乐意借给别人。

小孩子天性善良，从小会关心他人。有研究认为，小孩子的这种天性，应该给予鼓励，他就会坚持做下去。因此，作为家长，以

175

及幼儿园、小学、中学的老师，在这方面的责任是重大的，只有从小开始就给予引导，友善地对待这一切，到了成年之后，才会成为一个具有善心，善于团结人、爱护人的人，这种教育可以说是一生受用，会使他成为一个受人爱戴和尊敬的人。如果他缺乏鼓励和教育，这种小孩的善良天性也会消失，甚至有的到了成年后会成为一个自私狭隘的人，这时已养成习惯，就本性难移了，到了成年，性格特点都已形成，一切都顺理成章了，就更难改了。

孩子的善良天性需要不断鼓励，不能抹杀他的这种天性，否则就会走向反面。前些日子，有一篇报道，是一位记者的监狱采访，说是有一位青年才 19 岁，已成为当地颇为出名的大盗了。那青年少年时家境不错，父亲是位小百货公司的老板，母亲主要协助做些公司的进货和财务工作，小家庭幸福美满，后来，由于父亲沾上赌博习气，经常在镇里与一些不三不四的人赌博、喝酒，以致生意一天不如一天，最终破产了。那时这位青年才十三四岁，由于家道中落，生活一天不如一天，他就开始做些偷鸡摸狗的事，以至几年的时间，他从一个小偷发展成为大盗，最后被送进狱中。在接受采访时，他不无感叹地说，是家庭害了他。

他回忆道，从小他是个活泼爱动、很有同情心的人。他说，有一次他与保姆去一家小食店吃早餐，路上他捡到一个钱包，他马上交给保姆，还说要交给警察叔叔，可是，他看到保姆把里面的钱抽出来，装在自己的口袋里，把钱包丢进街边的垃圾桶，还对他说，不许对任何人说。那时，他说自己受到重重的一击，本来希望保姆会表扬他，带他到警察叔叔那里，警察叔叔也会摸摸他的头，说他很棒，可是这一切都没有发生，以致后来他把占有别人的东西也当作天经地义的事情，加上母亲整天忙于生意，晚上很晚才能回到家。他说自己就是在这缺乏爱心、善心的家庭中长大的，虽然以后的家庭变故，变得贫困，但那只是导火索，根本原因是从小没有受到很多正面的教育，不但没有爱心，自己也没有尊严，以致落得今天的下场。

因此，如何引导孩子把天性的善良坚持下去，变成孩子的固有性格或特征，是摆在每个父母面前的一个课题，平时要让孩子懂得怎么去爱别人，如果一味对孩子娇宠放纵，一定是没有好结果的。不能对孩子在物质上过分地关怀备至，而应从精神上、心灵上体贴入微，只有他得到理解、关怀和尊重，他才会用同样的感情去对待别人。让他懂得自己得到了爱，也要把爱分享给别人。现在我们许多独生子女，大多物质过剩、享受过多，而精神上的关怀不足，造成一些人不知爱和善为何物，这是很危险的。

　　培养孩子的善良性格，可使他一生受用无穷，孩子成年以后，如果是一个有善心的人，一般性格温和、乐于助人，由于能够理解、体贴别人的疾苦，较少计较个人的得失，反而显得坚强、开朗，容易保持心理平衡。一个人没有善心、冷漠狭隘的人，往往患得患失，终日琢磨别人，自己也弄得心神不安。

十八、知足行之成

　　三四岁的小孩子话是比较多的，可能这个时候离开了母亲的怀抱和婴儿车，见的东西多了，而且学会了比较流利地说话，因此喜欢说，喜欢唱。每次带外孙女上学或放学时，她都会说个不停，说班里那个男同学，连家住在哪里，还有父母电话都说不出来。她还说：

　　"你知道吗？那天老师问他，妈妈叫什么名字，他答出来了。问他爸爸叫什么？他说姓刘，什么名就叫不出来了，只知道别人叫他亚明。"

　　"这就是父母的问题，说明他们平时没有教这个小朋友。"我回应外孙女说。

　　还有说到班里有个名叫苹果的女孩，为什么她很会跳舞？她母亲是广场舞的教练；还有谁背唐诗很厉害，已背了 50 多首了；谁的手工很好，做的小屋很像真的。总之，讲个没完，似乎要把她班里的新鲜事都说一遍。

　　我们一边说着一边走，不久来到种植木棉的园子。此时已是 3 月中旬了，只见一片红艳艳的木棉花，就像一团团火焰排立在树梢上，真美，真漂亮，怪不得羊城人民把它立为市花。树下掉落了许多花朵，这花虽然落下，但仍完好无损，而且保持着原来鲜艳的颜色，人站在树下，许多时候会听到"滴答"一声，然后就掉下一朵来，稍有不慎，还会砸在头上，但它毕竟很轻，头顶并不会疼痛。此时最有趣的是争着捡拾木棉花了，捡起来把它放在书包里，带回家去，此花还可以煲汤喝，有祛湿功能。

外孙女看着这木棉，很奇怪地问道：

"公公，这树为什么没有叶子呢？"

"是没有叶子，冬天落叶，春天开花，它是落叶后开花，待花都谢了，再长叶子。"

"为什么这样子？其他花都不是这样子，有花也有叶的，这树为什么？"

．．．．．．．．．．

这下我可答不上来了，外孙女一路上还有许多问题，当我们走到校园的大榕路时，一阵风过，许多黄色的或半黄半青的叶子就被风扑簌簌地从树上吹下来，路面几乎都铺满了黄色叶子，当有小车经过，树叶又被卷起飞扬起来。这时外孙女又会问："这树叫什么树？为什么会落叶？"我回答道："这树叫大叶榕，又叫黄葛树，一般说阔叶树，即是叶子大的，冬天或初春就会落叶，针叶树不落叶。"外孙女又追问为什么阔叶树落叶，针叶树不落叶呢？这下我又答不上来了，虽然在大学学习过《植物学》，但这些内容似乎没学过，所以对针叶树（包括小叶榕等一些高大乔木）为什么不落叶，其基本原理，这两类树的内在区别，也说不出个所以然来，只能承认不知道了。看到校园中心的路边两旁有许多高大树木，我就告诉她，这高大的树叫樟树，还有这一边的是小叶榕，都很粗大，我们两个都抱不过来，是不是？我们手拉手试抱了一下，还真抱不过来，我说：

"这树很大吧，还有更大的呢，要四五个人才能抱过来。"

"公公，为什么叫大树、小树呢？为什么不叫粗树、细树呢？"

又是一个难以回答的问题，是呀，从文字表达的恰切性来说，似乎叫粗树、细树更为直观，人们形容使用的笔杆、竹园里的竹子等，是使用"粗""细"这词，而"大"和"小"更多的是有体积的意涵，从小孩子的眼里，可能更多的是从直观角度来看事物和观察外界东西。至于文字开始为什么这么形容，怎么算是正确的，这有待文字学家或语言学家去研究了。怎么说更直观更合理，得由这些大家们去评判了，我可回答不上来。

专门从事幼儿研究的学者认为，三四岁小孩的好奇心和创意联想是一个明显特征。对幼儿的观察可以发现，我们家长或幼儿园老师会给幼儿讲故事，当故事讲到奇异的情节时，例如大怪兽捣乱或白马王子的故事时，发展较好的孩子会对故事进行有趣而且有创意的联想，这有助于激发儿童的想象力。有学者认为，这时你应鼓励孩子去进行这种创造性的思考，鼓励他去联想，并让他说出自己想到的东西。或许，许多时候孩子的想法表现得很幼稚、很荒诞，在大人眼中是不着边际的东西，但这都值得鼓励与赞扬。你这一声鼓励，可能有助于小孩将来获得了不起的成就。

幼儿最初的好奇，是由于他们年幼，对自然界、对社会的许多现象还看不懂，如果他懂了、理解了，仍然具有强烈的好奇心，这就是可能把对问题的认识引向深入，我们说，这就是探索的一种初步表现。因此，培养小孩具有想象力、创造力的探索精神，首先就要从培养其好奇心入手。儿童的特点是好动好问，对不理解的事情总是问这是什么，或是为什么，还会亲自去摸一摸、碰一碰，他要亲自感觉一下究竟是什么样子的，到这时还弄不明白的话还会追根究底："为什么会这样？""是怎么变成这样的？"……这些都是在好奇心驱使下，想去探索弄清事物的表现，是很值得鼓励的。

我们许多家长，包括我自己，都曾经对小孩这种多嘴产生过厌烦情绪，认为这是无关的乱问，往往是不予理睬或简单应付，给孩子的好奇心泼冷水，实际上是压抑了他探索求知的欲望。如果孩子的好奇心和探索精神越来越低，也就失去了发现新问题的欲望和能力，日后就谈不上什么创造性了。

事实上，世上的一切发明创造，作为个体发明者是其兴趣、爱好使然，作为整个社会是需求给予的激励。一个科学研究工作者，只有对某一项事情产生浓厚兴趣才能废寝忘食地工作，去发现问题，研究成功之后满足社会需求，得到认可和激励，促进其后的探索和创造。

　　发现问题比解决问题更有意义。孩子有爱想象，而且善于联想的特点，此时，父母应该在孩子听故事、玩耍中，积极鼓励孩子去探索，从故事中、玩耍中发现问题、提出问题，哪怕他提的问题没有什么道理，或十分幼稚可笑，也应给予鼓励和支持，我们自己，还有父母、爷爷奶奶不都是这样走过来的吗？我们应该记住，主动探索比懒惰好，孩子会发现问题、提出问题，总比视而不见、不动脑筋好得多。在世上，发现问题和提出问题，才是创造的开始。

　　教育家陶行知先生曾论述实践和认知的关系，他说，"行是知之始，知是行之成"，这就阐述了实践和认识的关系，就是知行合一，实践就是从认知开始，而认知又是对实践的升华。作为小孩子，其将来要有所作为，能工作，做大事，是从小的认知开始的，只有日积月累的认识，方能为日后工作打下基础。因此，对于小孩时期的多问、肯学，哪怕有时问得不着边际也没关系，都应给予鼓励和肯定，这才是正确教导小孩的方法。

十九、老年人应该戒除的陋习

有一天，一位很熟悉的朋友问我："退休这么多年，感觉怎么样？"我毫不迟疑地说："很好哇！退休后，就像一只放飞的小鸟，可以自由地在天空飞翔！"是的，一个人随着岁月的流逝已是皱纹满脸、眼袋松弛、屁股下垂，但我们不应为看到镜中的老脸或走路时的老态龙钟而懊恼，反而觉得那稀疏的白发和凸起的肚子，是我们饱经风霜后享受生活的象征。

当你过了 70 岁，或在奔八的路上，恭喜你已到了人们常说的古稀之年，此时，你应感觉到你正过着人生又一美好的日子，历经沧桑变得成熟了，见多识更广，更为豁达了，也更为自由了（至少在时间的支配上），因此也可以更为超脱了，尽情地享受生活、享受思想、享受经验和观察，彻底摆脱了恶性竞争，或为一己私利而酣战不休，多么自由自在地享受生活。

但是，人老了，切不要动不动吹嘘自己年轻时如何如何厉害，说多了，总觉得这是隐含虚荣的夸耀。是的，你年轻时可能辉煌，很厉害，做了许多大事情，但那又怎么样呢？就像你把一张过了宴会期的请柬寄给人家，除了一笺精美的纸，人家已没有兴趣去欣赏了，更不会去听你介绍那色美味俱佳的餐饮，所以，老年人应有自知，自己过去的辉煌已是明日黄花，还是少说为佳。

老年人不要好为人师、倚老卖老。你有了人生阅历，似乎也有了教诲他人的资本，在家里喜欢教训儿孙辈，在外面也摆出一副教师爷的姿态，你或许是刚小富起来的小土豪，你首先应把自己门前收拾好，检点一下自己的东西，别做砸门面的事，你别对着众人操那么多心，指手画脚，要知道，人家是不欢迎这样的长者的。你少说一点，就是天下太平，人人安居乐业了。

人老了，就不要不服老，故意显示自己还身手灵活、头脑聪敏，装出烂漫天真的样子。你天真一点可以，可明明步履蹒跚，还想装得轻快如风，那不是活受罪吗！一个人要服老，老就老了，又怎么样？有什么不好？你年轻时可以扛起 200 斤麻袋，而今却手足无力，这是自然规律。在路边遇到有小孩子叫你"爷爷""奶奶"，你心里就愤愤不平："我有这么老吗？"你到商场买鞋时，售货员小姐说"大爷，这鞋特别适合老人家穿"时，你就满脸不高兴。要知道，那是对你尊重，并不是要伤你自尊，更不用生气。我说，人老了就老了，不用遮掩，不要抗拒，被人叫声"爷爷""奶奶"更不用生气，而应感到高兴，这是一个人生命的自然进程，就像一个人从小学开始读书，一年年升级，都读到大学四年级了，快毕业了，你还不情愿，要蹲班三年级，这就不合时宜了。

人老了，应抛弃功利心，淡泊名利。退休了，人老了，一切都应放下，你那贪心、功利心、野心应该让出来，让爱心、善心去占领你心灵的地盘，应看破名利红尘，不能像年轻时那样，拽住名利不放，还要去争权力、争地位。特别对于曾经在领导岗位而今退下的老人，更不要整天想着那从前签字、批条子或交代别人办事情的日子。何必呢？这时候的你身份可能在衰败，你内心不要挣扎在名利场上，念念不忘那曾经的过去，念念不忘那失去的权力和私利。你内心的智慧需要不断更新，少一点争执，多一点和谐。你那过去就像一幕短剧，演过了，大幕已拉下，应该享受当下。有钱就花，多点休息，养生，读书，看报，或者听听音乐，尝试一下琴棋书画，也未尝不可。你已没多少时间去依恋那往昔的权力，也用不着去挣你那用不着、花不了的大钱了。

人老了，不要整天唉声叹气的，悲观厌世或怨天尤人。一个人不管年轻年老，活在世上总有不如意的时候，此时，你可以向三五老友倾诉，听听他们的意见，你也可以把兴趣转到其他方面上，如上面说的琴棋书画或音乐上。切不要一个人闷想，想不通以致产生抑郁症。人生不如意十之八九，快乐的人是多想那一二，要知道，人的生命经历中，总有许多快乐和痛苦、欢欣和悲伤，但不管如何，这些都会像长江和黄河之水一样，滚滚东流，永不倒流！

人老了，应避免时刻计较私利，鼠目寸光，或者念念不忘年轻时的得失，对曾经有负于你的人记仇记恨，久久不能忘怀，这样的人，对人对自己身体都是很不利的。人们常说，老年是一个和解的年纪、健忘的年纪，当今老了，不工作了，许多事情惹不起但躲得起，更何况，过去有人私心太重，曾对你百般刁难、诸多限制，当今时过境迁，可能人家心里正在认错呢？或者今天没有认识，若干年后呢？因此老年人应懂得和解，是与命运、天道、自然、人类文明和历史规律的和解。和解并不代表没有批评、责难或愤怒，但老年人毕竟不是愤青，不仅仅会情绪化的诅咒了，应多一些自责自省，既不怨天尤人，也不嗟叹自身，而是多了一层明白，懂得有人负我，或许我也有负人处，自己有伟大也有渺小，有正确也有失误。在你工作时，每个人有自己的位置，有自己施展才华的舞台，也有自己的局限，得饶人处且饶人，就不要再斤斤计较昨日为何了。这样的老人会变得更聪明、更智慧、更可爱、更清纯、更哲学一些。

人老了，不要俗气太重。有些老年人，出门在外，总爱占便宜，或者谈吐之间三句不离"色""性"二字，使人觉得是一块臭豆腐，难登大雅之堂。当然，雅与俗是孪生兄弟，难分难离，一个人如果只要求淡雅，不能俗，是不太可能的，但俗应有一个度，不能俗得浅薄。有人说，大雅即大俗，大俗即大雅，俗到一定程度即为雅，这种说法恐怕有失偏颇。当然雅俗可以转换，清张灿有一首诗："琴棋书画诗酒花，当年件件不离它。而今般般皆交付，柴米油盐酱醋茶。"这是大雅大俗的转换，或因世道变迁，人情世故变化，有些无可奈何了，实在让人唏嘘感慨！但这种大俗可以说回到民间的日常，有其质朴、纯粹的方面，绝不是那种为一己私利的庸俗与低下。

所以，老年人不论穷或富，都可以享受一点淡雅或粗俗的生活乐趣，但是雅也好，俗也好，应有个分寸，如果一掷千金，用金钱物质堆砌的风雅，就有点不可取了。有人自称是俗人一个，也有其俗的乐趣，也是一种活法吧！只要不庸俗，不低俗，不媚俗，俗一点也很可爱，毕竟雅和俗都是一种生活状态，不应强求。

有人说，我已退休多年，什么风雨没见过，我已是一个成熟的人，但是，退休多年，也未必就是成熟的表现。可以说，一个人的成熟是一生修炼的结果，一个人是否成熟有多个维度。举止端庄，言语得体，是成熟；待人接物，令人舒服，是成熟；善解人意，彬彬有礼，是成熟；不管遇到任何事情，能保持耐心，坚守初心，是成熟；在任何场合，处变不惊，临阵不乱，是成熟；在大难之后，依然热爱生活，并具有悲天悯人的情怀，也是成熟。因此，我们每个人要真正学到老，做到老，尽量做一个受人欢迎的老人。

二十、随遇而安

随遇而安并不是不思上进。一个人能否发达，或者升职、买房、购车，除了之前个人的奋斗外，还有现实状况与机会等因素相互作用，纵使混得不怎么样，也应在自己的能力范围内，安下心来，不发牢骚，不怨天尤人，一心一意把自己负责的工作做好，哪怕你没有一官半职，也应在自己工作中锤炼能耐、等待机会。

大凡一个人能安下心来，就能克服浮躁情绪。人生道路漫长，自然离不开个人的努力，所以应加强修养。人的心路历程是无形的、复杂的，对生命的感悟、情感的体验、理想的追求、前途的憧憬，这是人生道路上本质的部分。但是，外部因素是不可忽视的，它由命运、时代、环境与机遇所构成，这些，对个人来说几乎没有选择的余地，也没有主动权，因此，当你遇到挫折、艰难和困苦，就要有随遇而安的勇气和准备，去接受它，而不要去盲目追求那些不着边际的目标和现实。一个人，在得与失上应学点天鹅那样的自尊与自重。位于英国泰晤士河畔的温莎小镇，是英国很出名的旅游点，温莎小镇旁的泰晤士河上游生活着很多天鹅、大雁、野鸭、海鸥等，游人一来到河边，那些天鹅、野鸭等就会成群结队地游过来，等待人们喂食。看来这些动物都已经习惯了，知道人们来了就有吃的了，特别是那些天鹅，常常上百只排在一起，就像士兵等待首长检阅一样，安静地看着你，当你把食物撒下去，它们都在伸长脖子，张开嘴巴，当接到食物后，就优雅地啄食起来，如果有天鹅没接上食物，它就抬起头，看着你，在不急不慢地等你给它食物，几十只、上百只天鹅，从来没有发生两只天鹅为了争吃而互相撕咬的情况，这些天鹅始终保持着一种对施舍者的尊重，以及同伴之间的互相尊重，凡是到过温莎小镇喂食过天鹅的人都会被震撼，对天鹅平添了一份敬意。人类面对它们，应该自愧不如吧！作为人，在你失去机会，而同伴得到机会的那一刻，应保持一份得体的自尊，要有随遇而安的心境，坦然去祝贺同伴，不争不抢，也只有把自己的心态摆正了，才不会做出愚蠢的事情来。

一个人对于金钱的拥有或失去、名利的得失，都应保持随遇而安的心境，不能成为金钱或名利的奴隶，金钱、名利到来，有其因缘或时运，金钱、名利丢了，也有其因果缘由。这就要看得开，不能只要求拥有，不能承受失去，不能一失落就如同世界末日来临一样。事实上，自然界四季循环，周而复始，冬天来了，但冬天也会过去，春天还会再来。金钱、名利也一样，失去了，下一次有机会会再来，所以一个人要顺应环境，在任何环境中都要学会满足，金钱名利来了，固然好，失去了，对于一个内心强大的人，一样会豁达从容。

因此，对于世间的许多人和事，要看得淡，这样才能活得安然。你把爱情看淡一点，受到爱情的束缚就会减少，把人看淡一点，人与人之间的纠纷就会少一点，能把名利看淡一点，名利就不能左右你，这样才能过好快乐的人生路，正如北宋理学家程颢的诗里说的："云淡风轻近午天，傍花随柳过前川。时人不识余心乐，将谓偷闲学少年。"看淡了，就能随遇而安，在一切境遇下都是快乐的。

但是，在生活中往往很难达到随遇而安的境界，因为人的躁动和各种杂念，人的一些贪婪和欲望，往往这山望着那山高，要真正做到随遇而安就不容易了。世界无常，在不同场合境遇下，是有千差万别的，正如流水，这一刻与下一刻，是完全面目全非的，所以你曾经的所见所闻或境遇已经远去，一切往往在不断变换着，许多时候是在你没准备的情况下发生的，此时对你来说，能否适应是一大考验。所以一个人需要有自己的定海神针，当你在人生道路上东张西望的时候，是因为你没有找到定海神针。有了人生的定海神针，你才不会犹豫与彷徨，时刻都能保持淡定和从容。

　　一个人久经奋斗，付出了毕生的努力，但还是业绩平平，工资不高，职位也没有升迁，此时你是否自惭形秽，不能随遇而安？我想此时应好好学习那古树旁边的小草，这些小草长着两三片叶子，似乎是纤弱的，却依然乐观自信地笑迎着每天成千上万的游客。那些人为了瞻仰这500多年古树的尊容，不远千里乘车前来。这古树，虽然曾经因为地壳变动，已折弯了腰，半匍匐着，但却没有倒下，每天在享受着人们投来的尊敬的眼光。人们就像瞻仰英雄塑像一样，怀着专注和敬仰的心情环绕着大树观看。而长在古树旁的那些小草，比起古树来是那么渺小，从来没有游人会关注它们。但是，你看那小草却没有半点的俯首称臣，也没有因为自己的渺小就表现出低眉顺眼的样子。来来往往的游客为瞻仰古树，经常踩踏在小草身上，使小草贴伏在地面上，但它也没有觉得自惭形秽，或因此屈服下来，对古树顶礼膜拜起来，到了明天，它又挺直腰杆，迎着春风抖动它那小手臂。是的，小草是渺小的，但它随遇而安，顺应环境，在任何情况下都能满足，那样安然地生活着。

　　一个人要做到随遇而安，首先必须减少欲望，若你欲望多了，就容易不满足，心胸就会变得狭隘起来，甚至心术变得险恶。当一个人欲望减少时，心胸就会开阔起来，心境更清闲，心术更平和，心气也没那么高，就会容易满足，才能保持淡定的心情，就容易做到随遇而安了。同样，在一定时期内，一个人不能把目标定得太多、太高，往往由于欲望的驱使，把计划定了一大堆，正如一个本科生，在开学第一年定出七八件需要完成的大事，例如英语过六级，考取计算机证书，拿到优秀奖学金，甚至竞选当班长，找到女朋友，等等，简直令人眼花缭乱，但一年过去了，两年过去了，一个计划都没有实现，因为他的欲望太强了，要求太急、太高了，这就很难做到了。首先，假如当初他能随遇而安，扎扎实实做一两件事，日积月累，相信成绩就会显现出来。其次，要保持心情愉悦，做自己喜欢的事，保持好心情，对生活充满信心；最后，要学会包容，凡事能不计较就不计较。能包容的人烦恼才少，才会发现世界很美好。当然，有可能就尽量出去走走，短途、长途，国内、国外都可以，多出去看看，既可以开阔自己的眼界，又能促进自己的成长。

当然，随遇而安不是要你遇到对自己有害、不好的事物，也要去委曲求全忍受下来。有些事是强求不了的，而且你已尽力了，就让它顺其自然吧！无论顺境还是逆境，都要以平常心对待，处于逆境，不怨天尤人，处在顺境，也不欣喜若狂。可随时适应世界的变化，以不变应万变，活得潇潇洒洒的，无愧于人生一场。

余生不长，与其患得患失，不如顺其自然；与其纠结遗憾，不如随遇而安。以此共勉。

二十一、看得淡一点吧

小杜升教授了，打电话来要请我们夫妻俩喝茶，刚好我不在，是妻子接的电话，我问妻子：

"这么快又升教授了？不是前几年才升的副教授吗？"

"3 年前升的副教授，这次是破格升的，听说他业绩很突出，论文也多，在做的国家基金就有两个，这次全校破格升了 5 人，他是其中之一。"妻子说。

"啊！怪不得我们都老了呢，人才辈出，值得祝贺，在哪里喝茶？"

"在康乐餐厅二楼，明天早上 8 点。"

第二天早上 8 点，我们准时来到喝茶的地方，小杜夫妇已在那里等着我们了。我问："还有其他人吗？"他说没有了，就请我们二位，其他人另外再安排聚一聚。

小杜的确是位很出色的教师，他就读我的硕士研究生时，在十几位硕博生中，他是最勤奋的一位，早上 7 点前就到单位了，大家还没上班，他先到大楼的顶层朗读英语，等到 8 点大家都到了，他也下来签到。皇天不负有心人，由于成绩优异，外语又好，后来被推荐到英国留学去了，在英国取得博士学位后回校任教，从开始当副教授到今天升上教授，也才不过七八年时间。

坐下后，我表示了祝贺，大家就从工作、教学谈到了家庭生活，师生之间有说不完的话。我退休后，遵循不在其位、不谋其政的信条，已很少过问原单位的事了，因此他谈得多，我主要是听，聊了很久，天南地北，无所不谈，此时，他好像有点心事对我说：

"老师，最近我有一件事很苦恼，您看怎么解决？"

"什么事？你说。"

于是，他说他带的硕士生也有四五年时间了，毕业了七八位，最近因为一个学生的毕业分配问题弄得很烦。那位同学各方面都不错，今年毕业，他希望留在广州工作，因此找到我，希望我给他推荐，到市里的一个研究所工作。当时我给该所的所长打了电话，介绍了这位同学的情况，并请他帮忙，能到该所工作，可是，经过面试、考核，最后我的这位学生落榜了，因为此事，我的学生对我的意见可大了，跟他的同学说，杜老师只是嘴上说说，就是不肯帮忙，这次的毕业聚餐也借故不参加了。你说我冤不冤？

"你打电话了吗？"我问道。

"肯定打了，自己的学生，哪位都一样，能帮即帮，可这事不是我能做主的，人家答应了会好好研究，可能有其他原因吧，不能接受，不能录用，我怎么知道？"小杜有些愤愤不平。

我只得劝导小杜一番，对于此类事情，过去经历多了，人家不录用你，大致有几个原因：一是，你的专业不对口，听说这次该所录用了 8 个人，主要是实验室工作人员，杜教授的专业并不属于这方面；二是，面试不理想，或不比其他人强；三是，面试人太多，听说有 20 多人争 8 个名额，给比下来了，也有可能；四是，该所长虽然口头答应了，但实际上并不认真要此人，因此没帮忙。

上述四个方面，哪一条都是真实情况，都不应该埋怨自己的导师，不应该责怪两年来为你学业、做人、生活、安全等操劳的导师，就像你的父辈一样的导师，怎么能怀疑老师没帮你呢？

"当然，你也不要过分烦恼，学生年轻有时认识糊涂了，就谅解一下吧！《汉书》说，'水至清则无鱼，人到察则无徒'，不要太当回事，说不定再过一两年或一段时间后，他自己就会认识过来。"我安慰小杜，希望他能原谅该学生的不敬。

"这个世界很复杂，什么人都有，人无完人，有些事，有些人，你不能太认真，太认真会烦；也不必太在意，太在意会累，只要对得起自己的心就可以了。就此事来说，你打了电话，请求人家帮忙，你尽了心了，应该感到心安，世界很大，人也很复杂，误解、矛盾、不理解等在所难免，看得淡一点吧！"

小杜似乎开心了许多。后来，毕业分配的时候，他的这位学生分回了自己的家乡，并在省里的一个环保单位找到了工作。

"你可以找个时间打个电话给他，祝贺他到新单位工作，问候一下，教师就像是学生的父母，哪一位父亲或母亲没有受到过子女的误解或责怪？当父母的还不是一样照顾、爱护着子女。"

小杜点点头，表示同意。

小杜还谈到另一件事，也让他愤愤不平。就是这次破格升教授后，一些人在背后冷言冷语，说什么"他侥幸拿到两个国家基金，就升教授了""文章也不算很多"，等等，真烦人！"我今年不但获得两项国家基金，还有一项省基金，你说我文章不多，你调查过没有，在全校 5 位破格升教授的人中，我的文章数量第二，名次上排名第一，说这话的人，为什么不去调查一下？"

看到小杜心里很不平，我们都在安慰他，劝他看淡一点，"人怕出名，猪怕壮嘛！看到你回国几年，顺风顺水升到副教授、教授，有人申请多年没评上，因此，羡慕嫉妒恨都有，你理不了那么多，你也不可能阻止人家的看法、想法，因此只有放下心理负担，专心自己的专业或许过个一年半载，又云淡风轻了呢？"

二十二、温情就在不经意间

这一次朋友的聚会地点选在白云山上。多年以前，大家经常一起爬白云山，登摩天岭，夏天汗流浃背，甚至赤膊上阵的情景，似乎也快忘记了。为了追忆那些岁月，20多人选择了徒步上山，一边聊天，一边欣赏周围苍翠的景色、潺潺的溪流，让人心旷神怡。

当在白云山北的明珠楼酒家坐定以后，此时气定神闲，远离闹市的喧嚣，喝着浓郁而且透着新茶香味的绿茶时，朋友们的话又多了起来。特别是从外地回来的几位，对广州这些年的变化赞不绝口，更念念不忘广州这个开放、包容的城市特征，还有广州城那无限的温情和爱心，浓浓的亲情和人情味，而留下的难以忘怀的记忆。在这里记录下茶桌上遇到或聊到的一幕幕故事。

刚一落座，服务员就送上一壶开水，一边倒水，一边帮大家洗刷碗筷，并问道：

"叔叔，阿姨，要喝什么茶？"接下来又如数家珍般说道："我们这里有铁观音、普洱、菊花、红茶、绿茶、大麦茶。"大家听了这一长串的茶名，都有些犹豫，然后望一望土生土长的老莫，意思是让他决断，此时，老莫代表大家，每桌上了一壶绿茶和一壶红茶，以满足不同人的习惯和需求。

服务员先拿来玻璃盆子，给大家把洗刷碗筷的水倒下去，然后，每桌上完两壶茶后，她给每位倒上茶水，并说："请喝茶。"

后来，又是老莫代表大家点了菜。第一道菜上的是红烧乳鸽，其外表微黄，一进口，满嘴香味，肉质细腻，咸香适中；后面的菜很快一一上来了，有清蒸鲈鱼片、白切清远鸡、贝类煮番茄、清蒸茄子、清炒芥蓝等，席中吃货们不断点赞。当盘子里的骨头快满时，服务员会过来把盘子撤掉，换个干净的盘子。服务员不时过来斟茶，你只要用手指轻叩桌面，行此"叩茶礼"即可，需要续水时，只要把茶壶盖揭开一半搁在茶壶上，服务员就会过来给你加水，整个服务过程细致入微。

饭后，如有剩菜，服务员会贴心问你要不要打包，因此，客人既吃好，又不会浪费。

这些细致周到的服务，服务员贴心的言行，正是体现了广州是一座充满温情的城市。

王姨的女儿大学毕业后，在某市安了家，王姨称赞其女儿是标准的厨娘，平时喜欢逛菜市场，采购各类新鲜菜蔬、水果等。王姨说春节前，女儿回来探亲，住了一星期，采购、下厨她全包了。她夸广州人太热情了，离开这城市时还小，许多广州的风土人情也记不清了，这次回来深有体会。她说今天到卖水产的档口买鱼，卖鱼的叔叔称好后，会问你，要剖了吧？她说"要，要……"这当然好，在某市，你要看对方心情好不好，你要请他剖一下，许多时候对方就不太情愿，或者三刀两刮，应付一下给你，这里广州叔叔，只见他先把鱼鳞刮干净了，再开肚，清去内脏，又把里面黑色的一层内膜刮得干干净净，然后清洗干净，再切成一块一块的，装好袋后，交给你之前，因为怕湿了你的手，外面又加上一个干的尼龙袋才交给你，这一切做得是那么认真、精细，当你付了款，接过鱼要走的时候，他会说："靓女慢走。"

这是多么使人暖心的一句话，当然我不是一个喜欢别人奉承的人，但这样一句话，可以使你逛菜市场的心情也变得靓靓的。

不怎么说话的老申也评述着自己邻居的故事。他说，自己住在12楼，对面是两位老者，蔡爷爷和邓奶奶。邓奶奶已有75岁了，平时我们在门口或电梯里见着，都会打个招呼，我会教孙子叫他奶奶好。由于我爱人工作单位离家较远，平时孙子上幼儿园都由我接送，每次送他上学或接回家来，邓奶奶见到了都会捏捏我孙子的衣服，穿多了，穿少了，她都要"管"，冬天叫我要多带件衣服去幼儿园，万一冷了可以加一件。有一次我把大门钥匙忘在门上挂着，她见了，按我的门铃，把我喊出来，交给我钥匙，还教训了我几句。还有一次，我要送孙子去看病，她在楼下见到我们，再三交代我，要带他去妇幼医院看，她说"那里医疗条件好，医生也厉害"。有时，我们会觉得邓奶奶管得太多了，就像管她家里的事一样，有点嫌弃的感觉，后来我们仔细想想，是呀，邓奶奶前段时间带过两个外孙女，如今外孙女长大了，读中学一二年级了，并且回到她父母那里吃住了，老奶奶正是习惯了，管我们家的小孩子，就像过去管自己的外孙女一样，这种爱管闲事何尝不是另一种亲情？有人管你冷暖、管你安全、管你饮食，你应该感激她才对，应该庆幸有这么一位热心、有着浓浓爱心的老奶奶。她念我是一个大男人，怕我粗心，带不好孙子，才这样牵挂着"管"着我们，这是多么幸福的事情！

肖姨的腿一直不太好，前段时间经人介绍，到省里的一间医院针灸。她说，我是第三次去针灸了，当经过外科室时，见到一位年轻妈妈正抱着一位小孩进来，那小孩哭得很厉害，趴在妈妈身上，眼泪滴湿了妈妈的衣服肩膀处一大片，只见妈妈一跨进门，就焦急地说：

"医生，你好，我小孩的手可能骨折了。"

只见医生和护士马上聚集过来，护士拿来一张凳子，让小孩坐在上面，医生蹲下身子，用手摸摸小孩的手，再上下轻轻压压，认真观察一回，然后问小孩妈妈怎么发生的，小孩妈妈说，是上体育课时，玩双杠时搞伤的，医生检查过后，说小孩只是脱臼了，不是骨折，需要校正一下。

此时小孩痛得大声哭喊，不断地摇动着妈妈的肩膀，只见护士走过来，拿纸巾帮他擦去泪珠，又安慰几句，但小孩还是哭个不停，不停地动。越动就越痛，越痛就哭得越厉害。这时，医生对护士说：

"你唱歌给小孩听吧！听了歌就不痛了。"护士小声说："小朋友，你会唱歌吗？"

小孩不答，护士又说："我给你唱首儿歌，听好了，不能哭哇！"于是护士在旁边小声音地唱起来。

"两只老虎，两只老虎，真奇怪，真奇怪……"小孩开始不哭了，用泪眼望着护士，似乎要看她唱下去，此时，护士接着唱："……一只没有耳朵，一只没有大腿，真奇怪，真奇怪……"

这时，小孩笑了，小声对妈妈说："她唱错了。"护士听了，高兴地说："小朋友，不错，是没有大腿。"护士故意说错，以引起小孩注意的。

"错了，错了，是一只没有耳朵，一只没有尾巴。"小孩认真地说。

医生、妈妈，还有周围的人，都在表扬小孩聪明，记性好，这时只见医生趁这个机会，双手握着小孩的手臂，一拉一按，再用双手按摩几下。

"好了，可以回去了。"医生说道。

小孩高兴了，脸上再没有痛苦的表情，妈妈高兴得合不拢嘴，不停地谢谢医生和护士。

肖阿姨讲到这里，很有感触地说："医生、护士真的很厉害，把一个哭喊得这么厉害的孩子逗得高兴，很快完成了复位。"

是的，医生能很快完成脱臼手臂的复位，固然有其技术精湛的一面，但医生、护士用歌声，用故意的错词，引开孩子的注意力，并且众人一致称赞孩子聪明、记性好，正是体现了医生、护士以及其他围观的群众具有的智慧和爱心，多么暖心的一幕。

这就是我们的城市风情，在这里并不是每天仅仅有警察抓小偷、追盗贼的故事，这里每天发生的事可能都是微不足道的，但有时小小的细节却使人感到一片亲情，感到温暖，这些小事就在我们不经意间发生着。例如，在公共汽车上，在车门刷卡处，当响起"老人免费卡"的声音时，在前面的座位上马上就有年轻人起身让座，一个、两个、五个……有多少个免费卡声音响起，就有多少位年轻人让座，只听见老人用广州话不停地说："唔该晒、唔该晒。"然后才缓缓坐下，这是多么浓郁的、温馨的、充满爱的车厢，开车的司机也十分小心地待老人坐稳了才启动他的车子，唯恐老人坐不稳而跌倒。

广州开放、包容、充满爱心的精神在车厢里，在老人、年轻人、司机身上不经意间体现出来，但愿这种"小爱"永远发扬下去，换来我们每个人每一天的好心情。

二十三、一个关于快递的故事

现今社会，寄快递收快递是一件很平常的事，千家万户每天几乎都会接触快递，它的确方便了群众，足不出户就可以网上购物，或者把购好的货物、用品、礼物寄到另一城市、乡村，千里之外可以收到各种东西。

今天，我要讲的是 2020 年的春节前，我以前的一位研究生给我寄一箱子礼物（主要是食物）的故事。这位研究生十分有心，几乎每个春节都会给我寄些礼物，对于此事我内心是十分不安的，自己退休十几年了，过去自己带的硕士生、博士生也毕业很长时间了，人家还会想到你、尊重你，自己何德何能，真不该麻烦人家。一般我都会真诚地去劝阻，告诉他们千万不要再劳心费力了。我知道，他们都正值奋斗的年华，上有父母，下有儿女，工作又忙，正是追求人生远大目标的时候，不应该去花时间、精力又花金钱去为一个老人操劳，况且我自己生活也不错，享受着颇高的薪水，有儿女照料，而且身体尚可，更不应该坐享其成。

就这么一件快递，从 2020 年 1 月 9 日寄出，10 日就到了。那天我收到快递的短信，说快件放在前台（实际是住宅小区的大堂），也不知怎么阴差阳错，10 日那天我还有一件付费的快递，我在大堂给快递小哥微信转了账，就没再想到另一家快递放在大堂的快件了，大概过了五六天，无意中再翻那短信，到大堂去查看，没有了，再与那位学生联系，看到传来快件投递的路线，没错，是到了，再与快递哥联系，核实，是放在大堂，我说："大堂没有哇！"快递小哥说："你那天为什么不去取？"再问大堂保安，保安说快递太多了，并说你去告快递公司，要他们赔。

那时正值春节前，我试图打×东的热线电话，那头就不厌其烦，千百次放着录音，说什么你的快递正在路上，由于春节期间快递较多，请耐心等待。

看来投诉也无门了，总不能为了几百元钱的东西去打官司吧？我静下心来，掏出年轻时看侦探小说的老底、分析此案情发生的可能性，怎么丢失的呢？快递小哥贪了？可能性很小，因为1月9日的确有短信要我去取快递，如果我下去没取上，那快递小哥就没法交代。那么还有谁贪心取走了呢？小区大堂不算大，进大门的左右分别为A、B栋，就在这两栋楼的大门旁给各快递公司放快件，如果外面的人来取走快递，保安一眼就可望见，而且大堂的进门处就是保安值班站岗点，一天24小时有人轮值。

那会不会是这保安监守自盗呢？特别在夜深人静之时，只有一人值班，如果要拿走东西，是分分钟可以做到的事情。由于小区不大，就两栋楼，有8个保安，其实个个都很熟悉，每天见面都会打个招呼或点点头，但具体名字就没有问过，只知道分别来自湖南、湖北各3人，广西及本省各1人，他们中除了一位较年轻外，大都是40多岁的人，至于个人素质就不敢恭维了，略举两例说说吧。去年有一天，我在进入B栋电梯的走廊里时，捡到200元现金，是崭新的百元钞票，估计是哪个住户掏口袋时落下的，我当时交给一位保安，还跟他说，是否看一下监控（因为走廊上就有），看谁走在我前面，而且住户不多，彼此都面熟，这样可以问一下他掉东西没有，或者在大堂的通告栏上贴个小招领，都可以找到人。结果呢？那保安说这钱交给保安部部长了。哎呀，就那么8个保安，负责人叫个组长，或者叫大一点为队长，也很不错了，还部长呢？拼命往省、部级、自治区主席、公安部部长上靠！这事也就不了了之，既不看监控，也不贴招领小启事，再也没声音了呢！事后我想，此事虽小，区区200元，但终究要有一个交代吧！但我转而一想，这点小钱，8个保安喝个早茶也不够吧，我甚至怀疑我是否应再掏出三四百元，凑给他们喝个早茶呢？另外，这些保安平时对我们还是比较尊重的，一般都会主动给开门，打打招呼，但很多时候，对中老年人的住户，大多时候是装聋作哑的，不会主动开门，但有一条，大凡年轻女性，看着远远走来，就会很热情地开门，并在门边守候着，有时候我不禁感慨，《孟子·告子上》中，告子说："食色，性也。仁，内也，非外也。义，外也，非内也。"意思是说，对于人来说，吃喝拉撒也好，喜怒哀乐也好，都是人的本性罢了。人家就喜欢年轻漂亮的女性，你奈何他？当然宽厚、善良同样也是本性，但崇高的品德、正直的人格、纯正的情感都是需要后天培养的。

话扯远了，再次回到那快递的事上来。如果不是保安监守自盗，那就只有住户了，这两栋楼，二三百户，人员是比较复杂的，有做生意，办工厂赚了钱，在这里买楼的，有靠儿女赚钱在这里买房住的，也有教师或干部、公务员，总之人员很杂，这应是每个小区都差不多的情况，那会不会有住户贪小便宜，取走人家东西呢？这也很难说，人心难测呀！一件快件，明明白白收不到了，我们倒没什么，不就丢点东西嘛，没什么大不了事情，但是这辜负了我那学生的一片好心，花钱花精力办了这件事，却半途让不知名的人给搅了。但不管怎样，我应十分感谢那学生，难得时时想起我，我想说，你的心意我们领了，东西没收到没关系，不就少吃一点嘛，你的心意我们表示深深的感谢。

事情过去了几天后，女儿问我："快件收到没？"我说："没有，哪里找去？"她也曾两次购物而没收到快递包裹。听到此话，我心里增加了一点安慰，甚至有点乐滋滋的，你看，不是我第一次丢快件，也不是我这老头子的事，是不是？

二十四、谁能笑到最后

对于体育比赛我是外行，俗话说"外行看热闹，内行看门道"，观比赛，看热闹，再联系人生、社会，似乎也能悟出些意味深长的道理。

但凡赛事，胜负是难以捉摸的，不然算命先生或预测家个个都发大财了。但在难以捉摸当中，又存在着一些决定胜负的东西。

一是要有好的心理素质。一个人的性格决定了其心理素质好与不好，因此许多优秀的运动员，为了有好的心理素质，做到倔强、沉稳、耐心，克服肤浅急躁的毛病，刻意历练自己的性格。如到江边坐上半天钓鱼，有些女运动员学起穿针引线、绣花绘龙，希望历练出一种全新的性格。瑞士心理家荣格说，"性格决定命运"，许多成功人士、著名运动员，正是从改变性格开始，把原先的轻率、马虎、幼稚、沉不住气、狭隘等改掉，变成睿智、包容、沉稳、坚韧不拔，坦率和执着，从而为后来的成功、胜利奠定基础。

里约奥运会女子 10 米气手枪预赛，前两届奥运会冠军郭文珺意外出局，这时大家认为以预赛第七名成绩晋级决赛的张梦雪只是来打酱油的，因为她此前还从未得过一项大赛冠军，但在决赛中，她以过人的心理素质，沉着冷静发挥，一鸣惊人夺得中国奥运会代表团的首枚金牌，所以，心理素质是很重要的，不然若自己认为得到两届奥运金牌的同伴都黯然出局了，自己也无能为力了，可以想象，结局一定不是现在的情况。

二是要有坚韧不拔、尽心尽责的精神。也是在里约奥运会上，中国女排打了8场，赢了5场，输3场，获得冠军；塞尔维亚女排打了8场，赢了6场，输2场，得亚军；美国女排打了8场，赢7场，输1场，得季军。这样的榜单，首先说明此次女排比赛的艰巨性，对于中国女排来说，经历了十分艰难的搏斗，才最终获得胜利，正是中国女排那种坚韧不拔尽心尽责的精神，才能取得如此成绩，是一场一场咬紧牙关打下来的，表现出忠于职责的精神，另外，体育比赛关键不在于在场次上你赢多输少，而是你在什么时候、什么场合，赢得什么样的对手。

人生的征程又何尝不是这样？职场也是赛场，人的成长过程，单位的发展过程，都会有许许多多艰难险阻，失败是经常的，问题是你要抓住关键点，取得突破，最终取得胜利。最初的失利并不可怕，就像一个人跳高，你若120厘米过不了，就降低要求了，放低10厘米轻松过去了，但你也可能永远过不了120厘米以上了。作为一个运动员就不应这样，你具备跳过120厘米高度的能力，就要努力尝试跳125厘米、130厘米的高度，永远尝试更高。所以，更高、更快、更强是体育精神，也是一个优秀运动员的精神。

三是小胜不要太张狂。在体育比赛中，名人、明星失手比比皆是，所以运动员失手也是正常，原因也很复杂，但其中一些运动员，由于过去成绩不错，得过冠军，或者初赛中取得数一数二的成绩，因此而沾沾自喜，以为决赛十拿九稳，到最后可能是黯然出局。所以，一位资深的教练总是告诉队员，每一场都是从零开始，有时候，运动员应不断告诫自己，运气总是有一些，小胜不必太张狂，决赛还在后头呢！

在生活中也是一样，一个企业家或创业者，从来不为一个小目标的实现而忘乎所以，因为他知道，要实现大目标还会有许多困难，必须不间断地奋斗下去。时间总是使那些骄狂的小胜者昙花一现，命运之神总是把最高的荣誉捧送给对小胜持平常心，即使置身于高峰中仍然内心平静和淡定的选手。许许多多企业家、创业者，其成为富豪、成功者，无不是在众多的小胜中累积起来的。

四是要有不服输的精神。每一个运动员都有自己的夙愿，但要实现它是没有捷径可以走的，只有那些敢于挑战者，才能得偿夙愿。观众永远都是支持强者的，为胜利者欢呼，但也欣赏那些屡败屡战、愈挫愈勇的挑战者。湖南举重选手龙清泉就是一位这样的选手。之前，他在大赛中遭遇多次挫折，但这位湖南汉子不服输，面对实力强大的对手，他稳扎稳打，凭一股血性，举起了自己平时从未举过的重量，终于打破了沉睡 16 年的世界纪录。

　　他之所以能不怕挫折，举起从来没有举过的重量，他说是"责任"二字让他不服气，敢于去挑战，他身为运动员，作为儿子、丈夫，自当上了父亲，就觉得身上的责任重大，于是下决心把最为关键的一把高举过了头顶。

　　在体育比赛中，平常工作中，往往对于目标的实现，或者赢得比赛会有一定的心理准备，因为这是出来比赛，要有要求、有一定计划的。有时瞬间的大意、走神，就丢掉了比赛，因此有必要在之前的准备会、计划中，去考虑这方面，也就是做好两手准备。许多时候，也有两手准备的提法，但对于如何应对到来的失败，就计划得很不周全，包括一些措施、对策、补救的办法等，都应想得细一点。一个优秀的科研人员，必然会在设计实验方案中，给出两套或多套的路线方案，把每套方案可能要涉及的器材、试剂考虑周到，才不会在某个环节失利后变得束手无策。一位优秀的乒乓球运动员说在他准备时，就考虑到如果自己情绪一下子调动不起来时（他是属于慢热型的运动员），一定要跑动一下，甚至跑到教练、自己队友面前，大吼一声，得以振奋起来。无论科研、体育比赛或其他任何工作，事前能把可能的失利细节、应对措施考虑周全时，就会使失利不出现，或出现时能应对自如，避免大的挫折。另外，对于体育比赛或是其他工作，还要懂得谦虚使人进步的道理，一些优秀运动员在其获胜之后，不断说，今天我很幸运，这时个人更应正确评估自己。譬如你参加篮球比赛在最后 20 秒时，比分为 55：54 你所在队还落后 1 分，这时你们队发起最后的冲锋，你冲到篮架下，此时队友投了一个三分球，可惜未中，你抢下球，为了不被对方压制住，你往外运了一下，转身一投，中啦，就在终场哨声响起那一刻，你取得了 2 分，仅超 1 分取得全场的胜利。

这时人们觉得当天赢球的功臣是你，而且队友们紧紧拥抱你，甚至把你抬起来，因为在关键时刻你那球让你们队胜利了。问题是大家应该想一想，如果少了前面你们队的任何一球都赢不了，那功臣应属于每个队友，更何况你作为一个长射手，全场也只中了两个三分球，并不算高的命中率。

聪明的运动员，有修养的运动员，此时都应该说，这是集体的功劳，我只是幸运一点，投最后一球。

因此，一个人要成为优秀的运动员，或者各行各业的成功者、杰出的人才，必须要有良好的心理素质，坚韧不拔、尽心尽责的精神，同时不为小胜或阶段性胜利而冲昏头脑，永远有不服输的精神，才能取得比赛的胜利，或者达到事业的巅峰。

也只有具备这些特质的人，才能笑到最后！